別れの季《と》節《き》

お勝手のあん

柴田よしき

時代小説文庫

角川春樹事務所

目次

別れの季節《とき》

お勝手のあん

一　おゆきちゃん

家定《いえさだ》公の喪中ということもあって、その年の秋から冬にかけてはなんとなく重苦しい雰囲気が町を包み、師走《しわす》に入ってもいつものような活気は戻って来なかった。だが江戸でも品川《しながわ》でも流行《はや》っていたころりはどうやら峠《とうげ》を越え、少し収まって来たようだった。

人々をざわつかせていたほうき星もいつの間にか空から消えた。

お小夜《さよ》さまからは時折文《ふみ》が届き、やすもそれに丁寧にお返事を出していた。が、あんちゃんに逢《あ》いたい、と書いてはあるものの、では具体的にいつ日本橋《にほんばし》に参りましょうか、というこちらの問いかけには、いついつがいい、いついつにしてほしい、との返事がない。お小夜さまらしくないな、とやすは思った。お小夜さまは、ご自分がなさりたいことをいつまでも我慢されるようなお方ではない。多少の困難はあっても、結局はしたいことをする、それがお小夜さまだ。

そしてまた、お小夜さまは、世間の人々が口にするようなお世辞やお追従を気軽につかう人でもない。お小夜さまが逢いたいと書いてくださる以上、逢いたいと思ってくださっていることに嘘《うそ》はないはず。それなのに、ではいつ来てちょうだい、と書いて来ない。そこになんとなく、お小夜さまの迷い、悩みがあるような気がして、やすは落ち着かない気分だった。お小夜さまは、何かに悩んでおられるのではないだろうか。何か、簡単には文にも書けないようなことでお心を痛めておられるのでは。

いっそこちらから押しかけてしまおうか、とも思ったが、日本橋十草屋《とくさや》は江戸の薬種問屋でも指折りの大店《おおだな》の一つ、旅籠《はたご》のお勝手女中が、招かれてもいないのに押しかけていいところではない。お小夜さまが何かに悩んでいるのだとしても、あのお方の性格からして、何かをご決心されれば迷いを振り捨てて行動されるだろう。それをなさらないということは、まだご決心がついていないということ。急に押しかけてもお心を乱すだけだ。

ひとまず、文をくださっただけでも良かった、と思う。

世間の雰囲気はなんとなく暗くて陰気ではあったが、それでも品川は名の知られた花街、遊郭《ゆうかく》の賑《にぎ》わいは少しも変わっていない。東海道《とうかいどう》を行き来する旅人の数も減ってはいないようで、紅屋《くれないや》にも毎晩、そこそこの泊まり客があった。

政《まさ》さんは、献立帖《こんだてちょう》作りに取り掛かっていた。日々の献立はやすが絵に描《か》き、簡単な説明をつけて夕餉《ゆうげ》の膳《ぜん》と共にお客に出している。それがなかなか好評で、お客のほとんどがその絵を持ち帰る。長旅に出ると宿場でどんなものを食べたかも土産話《みやげばなし》になるので、宿屋の献立が絵になっているものなら、旅を終えてから家族や仲間たちにその絵を見せて料理の話ができるから便利なのだろう。政さんは以前から、そのやすが描いた絵をきちんとためておいてくれた。一年前の今頃《いまごろ》はどんな料理を出しただろうかと参考にできるし、当日の天気なども絵に描き込んであるので、料理日記のように読み返すこともできる。それを整理し、献立としてよくできているものを選んで季節ごとに並べ、絵には書いていない料理の作り方、作る時のこつ、使っている野菜や魚の特徴、それらを選ぶ時に留意することなど、別に書き出す。それらを合わせて、紅屋料理帖、と名付けるつもりのようだ。

江戸や上方《かみがた》の有名な料理屋が献立帖を出しているのは知っているが、それらはある意味、料理自慢なのだと政さんは言う。料理自慢自体は悪いことではないし、有名な料理屋で食事をすることが叶《かな》わない人々であっても、料理帖を眺めれば、豪華な料理を食べた気になれるのだから、娯楽本としての楽しみもある、と。また料理人にとっては、有名な店の名の知れた料理人の技を形ばかりでも真似《まね》することができるのだから、学びにもなる。だが紅屋料理帖は、そうしたものとは違った意味をもたせたい。いつの日か、とめ吉《きち》が料理人頭となって紅屋の台所を差配する日が来た時に、自分やおやすが重ねた日々の工夫を読み取ることで、紅屋の台所の心を思い出してほしい。そして後に続く料理人たちにそれを伝えてほしい。それが願いなのだ、と政さんは言う。

とめ吉が料理人頭になっている遠い先のことを、やすはぼんやりと想像してみた。自分はその時、どこで何をしているのだろうか。まだ生きているのだろうか。髪はすっかり白くなり、腰も曲がり、顔も手も首も皺《しわ》だらけになり。それでも包丁を握っていられたら、それ以上望むことは何もない、そう思う。だがとめ吉が料理人頭になるということは、自分はもうここでは必要のない者になるということでもある。どこかで小さな一膳飯屋《いちぜんめしや》でも開いて、芋を煮たり魚を焼いたりしながら生きていられたら。

❖

師走も半ばを過ぎた頃になると、朝の水仕事が辛《つら》くなる。どうかすると台所の中の水瓶《みずがめ》でさえ、うっすらと氷が張っていることもある。そんな朝でも、とめ吉は元気いっぱいに起きて来て、さっさと井戸に向かい、ほいさ、ほいさと陽気に声を出しながら水を汲《く》んでいた。とめ吉の肩幅はすでに政さんと同じくらいあり、背もやすに追いついた。年が明けたら十二。見た目ももう小僧ではなく、男の人の仲間に思える。それでも無邪気で素直なところは変わらない。

「とめちゃん、水汲みが終わったら七輪に炭をおこしてちょうだい」

「へい！　朝餉《あさげ》に干物を焼くんですね？」

数日前に仕入れた鰺《あじ》を開いて干してあったものが、そろそろいい頃合いになっている。ついでに、売り物にならないからと魚屋がたくさんくれた小さな鰈《かれい》も干し鰈にした。鰺はお客の朝餉に出すが、鰈は奉公人の朝餉にしよう。とめ吉は、鰈を干した時からそれを楽しみにしていた。

炭をおこすのにもこつがあり、それを会得しないと時間ばかりかかってなかなか炭が赤くならない。とめ吉はもうすっかりこつを摑《つか》んでいて、裏庭に七つも並べた七輪にどんどん炭をおこしていく。魚を焼くのに適しているのは、炭が赤から白に変わった頃。団扇《うちわ》で扇《あお》ってやれば白くなった炭がまた赤くおこる、そのくらいがいい。

有名な料理屋では、備長炭《びんちょうたん》を使う。備長炭は火のおこりが遅いが、じっくりとおこすと白く変わってからずっと長持ちする。他の炭で焼いた時より、魚の身もふっくらとする。紅屋でも、夕餉に良い鯛《たい》などを焼く時には備長炭をおごるが、備長炭は高価な上に人気が高く、常時使うというわけにはいかなかった。

そう言えば、備長炭は紀州《きしゅう》の名産だ。新しい上様は紀州様。何事にも縁起をかついだりこじつけたりするのが好きな江戸の人たちのこと、喪が明けたら紀州名物に人気が集まり、さらに高値になるだろう。

「冬の炭番はあったかくていいですね」

とめ吉は団扇をぱたぱたさせながら、炭の熱を楽しんでいる。水仕事の辛い季節ではあるが、冬には冬の楽しみもある。冬の献立と言えば、鍋《なべ》料理。一人前ずつの小鍋に、魚や家鴨《あひる》、豆腐などを入れて、薬味を入れた醬油《しょうゆ》や梅酢、すりごまなどをつけて食べる。鍋の中に味噌《みそ》を溶いた味噌鍋も美味《おい》しい。大根をたくさんすりおろして入れる雪見鍋も人気だ。

冬に美味しくなる野菜も多い。大根はその筆頭で、冬大根は甘みが強く、煮込むとどんな出汁《だし》でも吸い込んで、ふっくらと炊き上がる。青菜も冬に採れるものは甘みがある。だいだいや柚子《ゆず》なども、冬の献立を華やかに香りたかくしてくれる。

今日は良い天気。やすは七輪を扇ぐとめ吉の横で、空に向かって大きくのびをした。朝の冷気の中で、空の青さが胸に染み込むようだった。

とめ吉と二人だけの時は、自分も子供にかえったように気持ちが楽になる。空に向かって両手を上げてのびをする、そんな仕草でも、やすの歳《とし》になると、人前ですればはしたないと叱《しか》られるのだ。大人になるって、なんだかとても面倒で窮屈だな、と思う。

ふと、会津《あいづ》の空を思った。会津はもう雪が降る季節だろう。勘平《かんぺい》が小僧だった頃、冬の朝の水汲みのたびに、手が冷たい、足が冷たいと涙ぐんでいたのを思い出した。とめ吉はそういうことで弱音は吐かない。幼い頃から農家の子として親の手伝いをして育っているので、とても我慢強い。勘平はなんだかんだ言っても、大店とまではいかないがそこそこに裕福な商家の坊やだった。奉公に出されるまでは、ろくに家の手伝いなどしたこともなく、可愛《かわい》がられていただけだったろう。だが長男に生まれなかったというだけで、親がいかに裕福でもその財を受け継ぐことはできず、いつかは家を出なくてはならない。運よく良い婿《むこ》入りの口があればいいが、そうでなければ路頭に迷うことにもなりかねない。料理人ならば食いっぱぐれはないだろうと、紅屋に奉公に出した勘平の親御さんの気持ちはわかる。が、人には向き不向きがあり、勘平には料理人の道よりも別の道が天から用意されていたということなのだろう。

あ、つい、勘平、と思ってしまうけれど、もうあの勘平はどこにもいないのだ。

彼の名は伊藤武次郎《いとうたけじろう》。会津藩のお侍さま。

鰈の干物はまかないの朝餉で大好評だった。とめ吉は、自分で干した鰈だと思うとさらに美味しいのだろう、もういい加減にしないとお腹《なか》がはちきれちまうよ、とおさきさんに止められるまでお代わりをしていた。

奉公人の朝餉が終わる頃にはお客もほとんどご出立されているが、ごくたまに連泊のお客もいる。品川には遊郭遊びを目的に来るお客も多く、そうした客がお金が尽きるまで泊まり続けることもあるとは聞いているが、紅屋は平旅籠《ひらはたご》なので、連泊するお客は珍しい。その日は一人、連泊のお客がいた。朝餉のあと、朝風呂《あさぶろ》に入りたいとのことで、風呂番の男衆が朝から風呂を洗って湯を張った。

やすは片付けの傍ら、朝風呂をつかっているお客のために、あめ湯を作った。あめ湯はもともと上方のものらしいが、この頃は上方で人気のものがすぐに江戸にも広まる。あめ湯は生姜《しょうが》を使うので体が温まる。朝風呂は気持ちがいいが、下手をすると湯冷めをして風邪《かぜ》をひいてしまうので、生姜の効いたあめ湯が良いだろうと用意した。

生姜をすって絞り、汁はとっておく。汁ごと煮てしまうと、生姜の風味がとんでしまうのだ。絞った残りと砂糖を鍋にかけ、砂糖が焦げないように、へらで生姜を潰《つぶ》すようにしながら砂糖を煮溶かし、布巾《ふきん》で濾《こ》す。濾したものに水飴《みずあめ》と、絞った生姜の汁を入れ、もう一度軽く煮て出来上がり。そのままだともったりと甘過ぎるので、適当に湯で割って出す。

お客が風呂からあがって少ししてから、部屋付き女中に頼んで出してもらった。

「とめちゃん、生姜のすったのが少し残ってるから、あとで生姜湯にして飲みましょう。体がぽかぽかするわよ」

「へえ、けどおいら、生姜はからいんで苦手です」

「あら、そうなんだ。美味しいのに。甘酒に少し入れると甘さがひきたつのよ」

「甘酒はそのままでも甘いですよ。あのう、今日のお八《や》つも生姜ですか」

とめ吉が心配そうな顔になったので、やすは笑って言った。

「そんな顔しないの。今日はお饅頭《まんじゆう》をふかしましょう。あんこは昨日作ったのがあるから」

とめ吉の顔がぱっと明るくなった。それでも以前のように子供らしく、わーい、と大声で喜ぶようなことはしない。男衆の部屋で寝起きするようになってから、とめ吉はぐっとおとなびて来た。

小麦の粉に酒粕《さけかす》と水を少し入れてこね、そのまま濡《ぬ》れ布巾をかぶせておくと、少しふっくらと膨らんで来る。それを優しくこねて餡《あん》を包み、せいろでふかすと饅頭の出来上がり。餡は昨日お客のお茶うけにと作った団子に添えた残りなので、少し量が足りないのだが、饅頭は皮も美味しいので、皮を心持ち厚くすれば餡が少なくても大丈夫。が、ふと思いついて、砂糖と醤油で煮たおたふく豆を餡の中に一つずつ入れてみた。豆の甘煮はたくさん作っておいて、まかないの小皿やお客のお茶うけによく使う。

饅頭をふかしている間に、夕餉のつみれ鍋に使う鰯《いわし》のつみれを作ることにした。新鮮できらきらと光る小さな鰯が笊《ざる》に山盛りになっている。鰯は包丁を使わずに指で捌《さば》ける。何匹か捌いて見せてやると、とめ吉はすぐに要領をおぼえて鰯を指で開き始めた。

はらわたは肥料にするので庭に埋める。頭を折ってそっと抜き出すと、背骨が抜ける。胸びれや尾びれも固いので折り取って、残った身と小骨は包丁で細かく叩《たた》いてつみれにする。頭と背骨はまかないに使う。醤油と酒に漬け込んでから粉をまぶし、油でゆっくりと揚げると香ばしくて美味しい。

「おうめさん、わたし鰯を触ってしまったから、お饅頭ができたら取り出してちょうだい」

「へえ。いい匂《にお》いですねえ。寒い季節にふかしたての饅頭なんて、贅沢《ぜいたく》ですねえ。つみれ鍋の野菜はどうしましょう。大根、小芋、長葱《ながねぎ》でいいかしら」

つみれ鍋は普通、醤油と出汁で仕立てるが、今夜は味噌仕立てにしてみようと思っている。饅頭の皮を作っていて、甲州《こうしゅう》名物の「ほうとう」を思い出した。以前に政さんがまかないに作ってくれたことがある、太くて平たいうどんを野菜と味噌で煮た料理だ。甲州では打ったうどんをそのまま鍋に入れて煮込むらしい。政さんはうどんを一度茹《ゆ》でてから鍋に入れていた。茹でずに煮込んだほうが汁がもったりとして腹持ちがいいが、江戸や品川の人の口には、あまりもったりとした汁は合わない。茹でてからさっと煮込んだ方が口に合うだろうと言っていた。確かにそうだろう。でもその時やすは、もったりとしたほうとうも食べてみたいな、と思った。

つみれはとてもしっかりとした出汁が出る。醤油仕立てにしてあっさりと食べるのも美味しいが、味噌仕立てにすればつみれから出た出汁が味噌に混ざり、野菜がその味を吸い込んで豊かな味になるだろう。そこに太くて平たいうどんを茹でずに入れる。もったりし過ぎないよう少なめに。とろみのついた出汁ごとお椀《わん》によそって、汁物のように食べてもらったら。そうなると、うどんはあまり長くない方がいいかもしれない。平たくて短いうどん。そんなものをうどんと呼ぶのかどうかはわからないけれど。

江戸でも品川でも、うどんはあまり人気がない。うどんを食べるなら蕎麦《そば》を食べるのがこちらの人々だ。この頃は上方の食べ物も人気が出て来ているけれど、江戸っ子と蕎麦だけは切っても切れないものらしい。けれど、すすって食べるのではなく、汁物の具のようにして食べるなら、蕎麦の方がいい、と思わずに食べられるのではないだろうか。蕎麦に似ているから蕎麦と比べてしまうのであって、まるで似ていなければ、それはそういうものだと思って食べられる。

「色が綺麗《きれい》だから、芹人参《せりにんじん》も入れましょう。それに小葱を刻んだものを最後に使うから小葱も用意しておいてください」

さて今夜のつみれ鍋、政さんは何と言うだろうか。またおかしな料理を考えやがって、と苦笑いされるかもしれない。

政さんが買い物に行くと聞いて、とめ吉は喜んでついて行った。この頃は政さんも、とめ吉を連れてあちこちに買い付けに行き、品物の目利きを少しずつ教えている。

「おやすちゃん」

勝手口からおはなさんが顔を出した。

「ちょっといい？」

「へえ」

やすが勝手口から裏庭に出ると、おはなさんの後ろに誰《だれ》やら人の姿があった。

「この子がね、表に立ってたんで何かご用ですかと訊《き》いたらさ、おやすさんはいますか、って言うもんでこっちに連れて来たの。あんた、この子、知ってる？」

おはなさんの背中から、遠慮がちに白い顔がのぞいた。

「おゆきちゃん！」

やすは思わず、その子に飛びついた。

「おゆきちゃんじゃないの！　どうしたの？　おそめさんは？」

「一人で来ました」

おゆきは美しい立ち姿をしていた。二年ほど前はまだほんの子供だったのに、今だってまだ九つかそのくらいにしかならないはずなのに、さすがは武家の血をひく女子《おなご》、背筋のすっとしたところや色の白さなど、町娘とは違った雰囲気をまとっている。

「知り合いなのかい。だったら良かった。中に入ってもらいなさいよ」

おはなさんが表へと消えると、やすはもう一度、おゆきの体をそっと抱きしめた。

「よく来たわね。ここ、すぐわかった？」

「はい、番所で紅屋さんはと訊いたら、ご親切に教えていただけました」

「台所だけど、中へどうぞ」

「いいえ、ここでけっこうです。おやすさんにご挨拶だけ、と思ったので」

「まあそう言わないで。今ね、ちょうどお饅頭ができたところなの」

おゆきを台所に通し、あがり畳に座らせると、やすはおうめさんに頼んで、できたての饅頭をひとつ、小皿にとってもらった。

「お茶もいれましょうね」

「そんな、お手間を取らせてはいけません。白湯《さゆ》でけっこうです」

「あたしらもお茶が欲しいと思ってたとこだから、遠慮しないでくださいよ」

おうめさんが湯を沸かし始めた。

「おうめさん、この子は江戸のおいとさんのところで知り合った、おそめさんという方の娘さんなの」

「ゆきと申します」

おゆきは丁寧に頭をさげた。

「おいとさんってのは、前に話してくれた、深川《ふかがわ》の煮売屋さんですね?」

「ええそう。おそめさんがおいとさんのところで煮売屋修業をしていたの。今は自分の店を持って煮売屋をしているのよね」

「はい。かあさまは猿江町《さるえちょう》で煮売屋をしています」

「おいとさんから聞いたけれど、繁盛しているんですってね」

「ご贔屓《ひいき》にしてくださるお客さんがいるので、毎日とても楽しそうにしています。わたしも手伝いたいのですけど……」

おゆきは、少し不服そうな顔になった。

「かあさまは、新しく人を雇ってしまいました。もうわたしには、煮売屋の仕事はしなくていいと。わたし、お料理の手伝いも、振り売りも好きです。もっと煮売屋の仕事を覚えたいのに、かあさまが、それはしてはいけないと」

「手習い所には通っているの？」

「はい」

やすにはおそめさんの気持ちがわかった。おゆきはとても利口な子だった。そして物覚えもいい。手習い所では、どんどんと他の子を追い抜いて、難しい本を読むようになって行った。おそめさんは、おゆきにもっと学ばせたいのだ。武家から離縁されたとはいえ、おそめさんは武家の妻として生きて来た人だった。町人になることを選んでも、娘に才があると知れば、やはり娘は武家に嫁がせるか、あるいは、武家屋敷に奉公に出したいと望んでいるのだろう。

「今日はなぜ品川に？」

「高輪《たかなわ》の井筒《いづつ》さまという方のお屋敷に、かあさまからことづかったものを届けに参りました。高輪まで来れば品川はもうすぐですから、ふと、おやすさんのお顔を見たくなりました」

井筒さま、というのはお武家さまだろうか。おそめさんは、わざわざおゆきにその家までお使いを言いつけた。おそらく、その井筒さま、という家への顔見せだったのではないだろうか。

年が明けたら、おゆきはその家に奉公に出ることになるのかもしれない。

「お饅頭、お食べなさい」

やすがすすめると、おゆきは遠慮がちに饅頭を手にとった。

「あったかい」

「ふかしたてですからね」

おうめさんが言った。

「冷めて皮がしっかりした饅頭も美味しいけれど、できたてのふかふかしたのはまた格別ですよ」

「あの、でも」

おゆきは、自分だけが食べるのは気まずい、という顔をしている。

「ああ、あたしらはいいんですよ。お八つにみんなで食べるから」

「紅屋ではね、お客さんがご出立されてからみんなで朝餉を食べるので、昼餉《ひるげ》の頃にはまだお腹がすかないでしょう、だから昼餉は食べたい人だけ適当に食べて、お八つにしっかり、お腹にたまるものを食べるの」

「小僧のとめ吉なんかは、昼餉もご飯を山盛り食べて、お八つに饅頭を五つやそこら食べちまうけど」

おうめさんが笑う。

「そのとめちゃん、今は料理人頭と一緒に買い物に出てるから、あの子がいない間に饅頭を食べちゃってもらわないと、見つかったら自分も食べたいってうるさいんですよ。だからどうぞ、ご遠慮なく」

そこまで言われて、おゆきはやっと饅頭に口をつけた。

「美味しい！　すごくふかふかしてます！　こんなお饅頭、食べたことありません」

「おやすちゃんの作り方だと、なんでかとってもふかふかになるんですよね。同じようにに作っても、あたしがやると皮がぺしゃっとしちまうのに」

「おうめさん、まだわたしの手は鰯臭いから、お饅頭を何個か竹皮に包んでくれますか。おゆきちゃん、五つもあれば足りるかしら」

「そんな、お土産まではいただけません！」

「おゆきちゃんとおそめさんと、働いてくれている人の分で。おそめさんがお店を出した時に何のお祝いもしていないから、お饅頭くらいはさしあげたいのよ」

「そ、それならわたしはもう食べましたから、あと二つで」

「娘が食べないのに母親だけが食べるなんて、できっこありませんよ。はい、それじゃ三つ包みますからね」

「おうめさん、もう一つ、五つばかりの包みも作ってください。おゆきちゃん、お使いだてして悪いけど、そっちはおいとさんのところに持ってってくれる？　あそこにはおいとさんの他に三人いるけど、四つってのはなんだか数が悪いから」

「でもそんなにいただいては、こちらのお八つの分が……」

「さっきも言ったでしょ、この紅屋には、饅頭なら五つくらいぺろっと食べちまう子がいるんですよ。男衆も何人もいるし、あたしら女子衆も遠慮なんかしませんからね。だから作る時はどっさり作るんです。心配ご無用ですよ」

「このお饅頭、本当に美味しいです。中に豆が入っていて、それがちょっと甘じょっぱくて」

「あらら。おやすちゃん、また何かしましたね？」

「あんこが足りないかなと思って、おたふく豆の煮豆を入れてみました」

やすは笑いながら肩をすくめた。

「お醤油つかって煮た豆だから、やっぱりしょっぱかったかしら」

「いいえ、それが美味しいんです！　これ、江戸で売り出したらきっと評判になりますよ。おやすさんはやっぱりすごいです。おいとさんのところにいた時も、おいと揚げを考えついて、それがとっても評判になって。今は深川揚げって呼ばれていて、あちこちの煮売屋で真似して売ってますけど」

「おやすちゃんの料理の才は、男に生まれていたら江戸の料理屋番付で横綱が取れるくらいのもんだって、うちの料理人頭が言ってます。もったいなかったですよねえ、女に生まれちまって」

やすは何も言わずに微笑《ほほえ》んだ。

いいえ、わたしは女に生まれてよかったと思っています、と言いたかったけれど、それがなぜなのかと問われたら、どう答えていいかわからない。ただ漠然と、自分が女であることを残念だとは思っていない。

おゆきが帰って行くと、おうめさんは腑《ふ》に落ちない、という表情になった。

「おゆきちゃんって、煮売屋の娘さんにしてはなんか、雰囲気が変わってますね。言葉遣いも町人言葉じゃないし。それに身のこなしが綺麗過ぎますよ。あんな子供なのに、背筋なんかぴんとしてて、あの子の歩き方、草履《ぞうり》の音がしませんでしたよ」

「やっぱりそう見えます? おゆきちゃんは、お武家の娘さんだったんです」

「へえ! それがなんでまた煮売屋に」

「おゆきちゃんのお母さまのおそめさんは、お武家の家を離縁されてしまったようです。それでおゆきちゃんを連れて深川に来て、行くところがなく困っていたところをおいとさんに助けられて。おそめさんは町人として生きるために、煮売屋をやりたいと思ったようです。女一人、少ない元手で始められる商いはそんなにありませんから」

「お武家の奥様だったのなら、手習いの師匠《ししょう》でもされたら良かったんじゃ」

「手習い所で子供たちに教えても、食べていけるほどのお金は稼げません。かと言って、武家や大店のご息女に何かを教えるとなると、武家のつながりが必要です。どんな事情で離縁されたのかは聞いていませんけど、きっと、そうしたつながりを断ち切りたかったんだと思います」

そうまでして町人となったのに、娘はやはり武家屋敷に奉公に出したいと思う。親とはそうしたものなのだろう。娘がどうしたら幸せになれるのかと、考えて考えて、日々考えて、自分が断ち切ったものにですらすがろうとする。

せつないと、やすは思った。母であることは、とてもせつないことなのだ、と。

二　睦月と小鍋立て

あわただしかった師走《しわす》も、暮れの大掃除と餅《もち》つきを終え、大晦日《おおみそか》も忙しく過ぎて、除夜の鐘と共に年が明けた。安政《あんせい》六年。やすは十九歳になった。

品川《しながわ》は初日の出の名所なので、大晦日の大引けの後、酔客たちはそれぞれの宿屋に一度戻って仮寝をとり、まだ薄暗い中を浜へと集まって来る。わざわざ初日の出を拝みに江戸からやって来る人たちもいて、一番鶏《どり》が鳴く頃《ころ》には浜は大層な賑《にぎ》わいとなる。紅屋《くれないや》の奉公人の中にも、初日の出だけは拝みたいと出かけていく者がいた。やすも昔は何度か女中たちに連れられて初日の出を拝んだことがあったが、今年はそれどころではない。

正月と言えば雑煮。元日の朝餉《あさげ》はいつもより少し遅く、ゆっくりと出す。初日の出を拝んだ客たちの中には宿に戻って二度寝する人たちもいるので、あまり早くからバタバタと音は立てない。浜に続く道には初日の出の客を狙《ねら》った屋台が多く出ていて、客たちは蕎麦《そば》だの寿司《すし》だのを買い食いして戻るので、朝餉を早く出されても食べられないのだ。

なので、時間はたっぷりとある。やすはとめ吉《きち》もおうめさんも起こさずに、そっと階下に降りて雑煮の支度にとりかかった。

元日の朝に初めて井戸から汲《く》む水は、若水《わかみず》、と呼ばれて尊重される。大掃除の後で井戸にも正月飾りが施されている。若水を汲むのは若旦那《わかだんな》さまのお役目。なので、支度には大晦日のうちに汲んでおいた水を使う。元日は魚屋も八百屋も休みなので、雑煮用の野菜は仕入れ済み。紅屋の雑煮は江戸風で、すまし汁に野菜と鶏の肉、それに焼いた餅。鶏の肉は足が早いが、この季節だと一晩くらいで傷む心配はない。

鶏を箸《はし》でつまんで口に入れられるくらいの大きさに切り分け、昨夜から水に浸しておいた昆布と共に煮る。鶏からも良い出汁《だし》が出るが、同時にあぶらや、汁を濁らせるようなものも出て来るので、こまめにあくをとってやる。肉が柔らかくなるまで煮たのでは汁がもったりと濁ってしまうので、短めに煮るのだが、加減を間違えると肉が硬くなってしまう。かと言って、生のところが残ったのでは気持ちが悪い。

適度に肉が煮えたら取り出し、残った汁を濾《こ》す。鰹節《かつおぶし》を丁寧にかいて、その鰹節でも出汁をとる。雑煮には、二つの出汁を合わせて使う。ただ、せっかくの縁起物なので若水も使いたい。お客に、若水を使いました雑煮でございます、と出したい。なので、出汁は濃いめに作り、最後に若水と合わせて仕上げることにする。すまし汁の雑煮は、具を椀《わん》に盛ってから汁をかけて出来上がり、つまりは椀物の料理である。なので具となる野菜も、あらかじめ煮ておく。

具にする野菜は、芋、青菜、芹人参《せりにんじん》。

芋は、いつもは小芋を使うのだが、正月用には八つ頭《やがしら》を使う。八つ頭は小芋がいくつもくっついた不思議な形をしていて、洗うのが少し面倒だった。小芋なら桶《おけ》に水と入れてかき回すだけでも皮があらかた剝《む》けるのだが、八つ頭は包丁で丁寧に剝いてやらないといけない。小芋よりもねっとりとした重めの食感で、口の中でとけるとなんとも言えない甘みを感じる、美味《おい》しい芋だ。なぜ八つ頭を正月料理に使うのかは、政《まさ》さんに教えてもらった。もともと、種芋から親芋に、そして小芋にと次々とできる様は子孫繁栄を想起させるので、芋自体が縁起の良い食べ物なのだが、八つ頭はその小芋が離れずにくっついたまま大きくなる。その有様は一族繁栄を思わせる。また、その大きさや形は人の頭も連想させるので、頭《かしら》になる、という出世祈願もかけられる。そさらに名前に八がつくので、末広がりの意味も汲み取れる。色々と縁起の良い芋なのだ。

「まあそんなふうに言われてるが、な」

政さんは笑ってつけ加えた。

「本当のところ、小芋の旬《しゅん》は夏だからな。持ちはいいんで蔵から出した小芋を正月に食べたって構わねえが、やっぱり旬の芋の方が美味《うま》いだろう？　八つ頭の旬は冬、正月に食べて美味い芋だってこともあると思うよ」

鰹節の出汁にほんの少しだけ塩を入れ、そこに皮を剝いて、一口よりは大きめに切った八つ頭を入れて煮含める。すまし汁の味を邪魔するほど濃い味付けはしない。ほんのりと塩気を感じる程度でいい。

青菜はこの季節に手に入るものならなんでもいいのだが、政さんは小松菜を使う。八代将軍吉宗《よしむね》公が命名したと言われる小松菜。江戸の小松川《こまつがわ》村で吉宗公が食されて気に入って名付けたという。今でも小松川村は小松菜の名産地だ。冬菜の中でも、しゃっきりとした食感、あくの少なさ、ほんのりとした洒落《しゃれ》た苦味などがあって、どんな料理にも使い勝手がいい。青菜は色が大切なので、ぐらっと煮立たせた湯に塩を少し入れ、根まで綺麗《きれい》に洗った小松菜をせいのっ、と放《ほう》り込み、鍋を睨《にら》んで、茎に透明な感じが見えたところでさっとあげ、冷たい水にさらす。茹《ゆ》で過ぎると色も食感も悪くなってしまう。

芹人参は色添えなので、飾り切りにする。桜や梅の花に切ると愛らしい椀になる。やすは飾り切りがあまり得意ではなかったが、そこは頑張って梅の花を作った。芋同様、下茹でをして、薄く味を含ませる。

雑煮の下準備はこれでだいたい終わりだった。芹人参の梅の花を笊《ざる》に並べていると、とめ吉とおうめさんが降りて来た。

「あけましておめでとうございます」

「おめでとうございます」

互いに几帳面《きちようめん》に頭を下げ合った。

「とめちゃん、今日は水汲み、まだいいわよ」

「へえ、わかってます。若水は若旦那様のお役目です」

とめ吉が紅屋で過ごす正月はこれで二度目。とめ吉も、十二歳になった。

「とめちゃん、初日の出、どうだった？」

とめ吉は、同部屋の男衆に連れられて初日の出を拝みに行っていた。

「へえ、すごい人でした。おいらたち、定吉《さだきち》さんの知り合いの漁師さんの船に乗せてもらって海から見てたんです」

定吉はとめ吉と同部屋の男衆だ。

「あらいいわねえ。そんならよく見えたでしょう?」

「それがおいら」

とめ吉は下を向いた。

「おいら……もうちょっとで日の出、ってとこまでは起きてたんですよ。空が紫から桃色になって、だんだんと海の向こうが明るくなって……なのに……。はっと目が覚めたら、もうお日様が海の上にいました」

やすとおうめさんは大笑いした。

「まあさ、元旦のお日様だって明日のお日様だって、実はおんなじお日様だからね。何も今日だけありがたがらなくたっていいもんね」

おうめさんが笑いながら、しょんぼりしているとめ吉の肩を叩《たた》いた。

「でも、元旦から寝坊したなんておいら、縁起悪いです」

「そんなことないって。お日様はそんなこと気にしちゃいないわよ。なんにしたって、元気でおめでとうが言えたんだから、それが何より。去年あんたがはしかにかかっちまった時は、本当に心配したんだから。今年は一年、元気にやってちょうだいよ」

「へえ。おいらもう、病には生涯、かからねえって決めましたんで」

とめ吉は大真面目《おおまじめ》にそう言った。

「お雑煮のしたくはだいたいできてるから、とめちゃんはお餅を切るのを手伝ってちょうだい」

「へえ」

暮れについた餅は餅箱にのしてある。二日経《た》ってちょうどいいくらいの硬さになっている。あまり硬くなると切り分けるのが大変だが、柔らか過ぎてもうまく切り分けられない。

江戸でも品川でも、正月の間は餅ばかり食べる。なので、切り分けるのし餅の量も大変な枚数だった。

刃先の鋭い刃物はまだとめ吉に扱わせられないが、餅を切るのに使う刃の薄い鉈《なた》は、わざと鈍く研いであるので怪我《けが》をしにくい。のし餅に打ち粉をして、箸で切り分ける目安の線をひいたら、その線に刃をのせて上から体の重みをかけて切り分ける。普段から薪《まき》割りの鉈を扱い慣れているとめ吉には造作もない仕事だった。

この正月は、まだ先の上様の喪中ということもあって、華美な祝いは憚《はばか》られる。お雑煮のほかは、酒のつまみになるような正月料理を数品、小さな重箱に詰めて出すだけ。泊まり客のほとんどは初日の出を拝んでから二度寝して、起きると日が高いうちから酒を飲む。出立もゆっくりと、昼餉《ひるげ》の代わりに餅を焼いたものを食べてからだった。三が日の間泊まり続けて、花街の正月を楽しむ人たちもいる。

　元日はどこの店も休みだが、湯屋《ゆや》だけは盛況だ。紅屋には内風呂《うちぶろ》があるが、元日だけは、泊まり客たちはみな湯屋に行く。元日の湯屋は賑やかに飾りつけがされていて、若水でいれた茶がふるまわれ、縁起の良い小物や飾り物、餅菓子などが配られる。二度寝をして起きて、酒を飲み、湯屋に行き、戻って来てまた少し飲んで、と、元日の客たちはみな、湯上がりのつやっとした顔を赤くほてらせている。

　紅屋で重箱に詰めるのは、片口鰯《かたくちいわし》を炒《い》って甘辛く煮付けた田作り、黒豆の醬油《しょうゆ》煮、鰹節であえた数の子、野菜を飾り切りして煮付けたもの。どれも暮れのうちからしたくをしてあるので、元旦にするのは野菜の火入れくらいで済む。小さな重箱に見場良く盛り付ける。南天の実や葉、松葉などを添えると、ぐっと正月らしくなった。

　百足屋《むかでや》などの大きな旅籠《はたご》では、正月に特別な料理を作って重箱で出すのが流行《はや》りらしい。昨年の御殿山《ごてんやま》の花見の際に、百足屋から借りた重箱は見たこともないほど大きかった。そうした料理には、縁起のいい伊勢海老《いせえび》なども使われるらしい。だがそうした流行りは、政さんの好みではない。正月に料理でめでたい気分になるのは悪いことではないが、田作りや醤油豆などの質素な料理の良さを大事にしたいと政さんは言う。

「正月ってのは、餅がたらふく食える幸せを楽しむ時なんだ。餅さえあればそれでいいのさ」

餅がたらふく食える幸せ。

その言葉をやすはじっくりと噛《か》み締めた。

餅米は決して安くはないし、餅をつくには人手が必要だ。餅屋で買えば楽はできるが、餅米代に手間賃がのって、そこそこの値段になる。餅は本来、贅沢《ぜいたく》な食べ物なのだ。それをたらふく食べるということは、懐《ふところ》具合が悪くはないということ。そして餅は、胃の腑《ふ》が丈夫でないとたくさん食べられない。胃の腑が健やかで、金回りもそう悪くはない。餅をたらふく食える、ということは、そういうことなのだ。

重箱と雑煮の他に、客の求めに応じて刺身や煮貝なども用意していた。三が日は魚屋が休みなので、刺身と言っても日持ちのする昆布《こぶ》締めや酢締めになる。平日や鯛《たい》などの昆布締めを元日に出し、二日目以降は鯖《さば》やこはだなどの青魚を酢と卯《う》の花で漬けたものなどを出す。煮貝は日持ちがするので暮れのうちに多めに作っておき、毎日火入れをする。

漬物も、正月の間はいつものぬか漬けではなくて、蕪《かぶ》を菊の花のようにして甘酢に漬け込んだものや、大根と芹人参を千六本に切って漬けたなます、飛騨《ひだ》名産の赤蕪の漬物など、色や形がめでたいものを出す。飛騨の赤蕪は大旦那さまのお知り合いから毎年樽《たる》で届く。おしげさんの実家の保高《ほたか》村から山をいくつか越えると飛騨なのだそうだが、その山というのが富士《ふじ》のお山ほどもあるとてつもなく高い険しい山なのだそうで、やすには想像もつかなかった。

そうした正月の料理の他に、紅屋では昔ながらの食積《くいつみ》というものも作っていた。するめや昆布、鰯や貝を干したものなど、乾いて日持ちのするものをいくつか組み合わせて、なんとなくめでたい形に積み上げ、それを鏡餅と一緒に床の間に飾る。昔はそれらを正月の間に少しずつ、酒のつまみなどにして食べていたそうだが、今ではすっかり飾り物になっていて、各々客の部屋に飾られた食積は、鏡割りの頃までそのまま飾られていた。飾り物なので見た目ができるだけ派手でめでたいふうなのがいいと、茹でた伊勢海老の殻を乾かし、中に綿などを詰めたものをいちばん上に載せたりする。昔は本物の茹で海老を載せていたのかもしれない。

とめ吉はこの食積がどうにも気になるようで、昨年は飾りの海老が腐らないだろうかと心配したり、するめはいつ食べるのでしょうと何度も訊《き》いたりしていたが、今年は政さんを手伝って食積を作っていた。とめ吉の手先は器用というほどではないのだが、根気が良くて仕事が丁寧なせいか、細工物をやらせるとなかなか上手に作る。御殿山の花見の時、紅屋が出した、品川の風景を模した寿司に飾った野菜の人形はなかなかの評判だった。もしかするととめ吉は将来、飾り切りが得意な料理人になるかもしれない、とやすは思った。

奥の方々が新年の挨拶《あいさつ》に客室をまわり、最後に台所にもいらしてくださった。大奥さまは昨年からずっと床についたままで、起きて歩くのは難儀だとのことで、大旦那さま、若旦那さま、若奥さまのお三人だったが、正月用に誂《あつら》えた真新しい着物に身を包み、髪もぴしっと結い上げたお三方は、とても偉い方々に見えて、やすは思わず深く長く頭を下げてしまった。

そのあと、裏庭の井戸で若水汲みが行われた。今年の若水は若旦那さまが汲まれた。代替わりには遅いくらいだったが、大旦那さまがご隠居なさる日が近いと感じて、やすは寂しかった。すでにご隠居用に、御殿山の麓《ふもと》に小さな屋敷を用意されているという話も耳にしていた。

ご隠居されると身代は若旦那さまに引き継がれ、大旦那さまと大奥さまはお二人で静かに慎ましく余生をおくられることになる。

が、若旦那さまご夫婦にはお子がおありにならない。跡継ぎがいなければ身代は召し上げになってしまうので、そろそろご養子をお迎えにならなくては。いったいどんなご養子がいらっしゃるのだろうと、女中たちは毎日のように噂《うわさ》している。

「うちの若旦那は真面目過ぎるからねぇ。いっそのこと、どこぞに女でも囲ってお子が生まれていてくれたら、簡単だったのに」

「だけどほら、相模《さがみや》屋の女郎に夢中になって通っていたじゃないかい」

「女郎じゃどうにもなりゃしないよ。いくらなんでも女郎の子を跡継ぎに迎えるわけにはいかないだろ」

「そんなことないさ、ほらあの、百足屋の」

「ああ、うちのおやすと仲の良かった」

「そうそう、あのおひいさまってのはさ、吉原の花魁《おいらん》の娘だって話だよ」

「まさか」

「いやそれが本当なんだよ。百足屋の大旦那が花魁を身請けして、江戸のどこかに囲ってたんだって。あのお小夜《さよ》様って娘はそこで生まれたんだそうだよ」

「だって百足屋には跡継ぎがいるじゃないか。なんだってそんな娘をわざわざ迎え入れたんだい」

「母親が病気で死んだんだってさ。その元花魁は身寄りがなくて、だからお小夜様もひとりぼっちになっちまって、それでは不憫《ふびん》だからって百足屋の大旦那が引き取ったんだって」

「まあ運のいい子だねぇ。今じゃ日本橋《にほんばし》の大店《おおだな》の、それも薬種問屋の若奥様だろ。薬種問屋ってのはたいそう儲《もう》かるらしいじゃないか。吉原の花魁だって女郎は女郎だよ、そのお女郎さんの娘が大店の若奥様になれたんだから」

「あらでもさ、後添えらしいじゃないか。ご亭主ってのはふた回りも年が上で、しかもひきがえるみたいなご面相なんだってさ！」

嬌声《きょうせい》と下卑た笑い声に、やすは耳を塞《ふさ》いでいた。紅屋の女中たちが特に意地が悪いわけではないし、世間のほとんどの人々は似たような噂話に毎日興じていることだろう。彼女たちは、そうした噂が誰《だれ》かを傷つけていることに無頓着《むとんちゃく》だ。

やすは、自分の大切なお小夜さまがそんな噂のまとにされていることに激しい怒りをおぼえたが、何度も深呼吸して気持ちを鎮めていた。

知らない者が何を言おうと、お小夜さまは清兵衛《せいべえ》さまのことを心から慕っていて、お二人はしっかりとした絆《きずな》で結ばれている。それでいいのだ。

だがそんなやすも、若旦那さまがお迎えになるご養子がどんな人なのかと、気にはなっていた。いずれはそのご養子が紅屋の主人となる。今の紅屋がそうであるように、もてなしを何より大切にし、誠実な商いをする人であってほしい。

❖

七草粥《ななくさがゆ》で正月が終わると、心なしか風も水も日に日に和らいでいく。まだ水の冷たさ、風の寒さは、指先にも頰《ほお》にも痛いほどだったが、それでも睦月《むつき》も半ばになる頃には、どこからともなく、気の早い梅の香が漂って来る。

お小夜さまから文《ふみ》が届いたのは、そんな早春の気配がする日のことだった。

お小夜さまには、ひと月に一度くらいの割合でやすの方から文を出していたが、お子さまがお生まれになってからはお返事は数ヶ月に一度と減っていた。やすの文には、季節ごとにどんな料理を作ったのかとか、日々の仕事でどんなことを感じたかなど、他愛のないことばかり書いていたので、お返事がなくても気にはならなかった。女中や乳母がいてくれるとしても、子育てというのはとても大変なもの。その上、お小夜さまのお子さまはお体がお弱いとのことだったので、呑気《のんき》に文など書いている暇はないだろう。それでも、とめ吉がはしかにかかった時には、やすの文に驚くばかりの早さと思いやりとで応《こた》えてくださった。お小夜さまのお気持ちは、誰よりもわかっている、とやすは思っている。

が、その日の文は少し様子が異なっていた。

来月、百足屋に里帰りをするので、その時に会ってほしい。百足屋の離れに訪ねてほしい、というもので、できれば誰にも言わず、こっそりと訪ねて来てと書いてあったのだ。当日、百足屋から使いをよこす、と。

やすは首を傾《かし》げた。お里帰りをされるのならば、なぜ、こっそりとお訪ねしなくてはならないのだろう。絵師のなべ先生が百足屋に逗留《とうりゅう》していた頃、やすはお小夜さまと一緒に絵を習っていたので、百足屋の離れには何度も足を運んでいる。百足屋の女中や料理人は、みんなやすの顔を知っているはず。なのにこっそりと訪ねてほしいというのは、そうした顔なじみの人たちにも知られないように、という意味なのだろうか。お里帰りそのものを、なぜか内緒にしている？

どうにも腑に落ちない文だったが、お小夜さまがそう望まれるのであれば、その通りにしてさしあげよう。やすは、しょうちいたしました、とだけ書いて、余白に梅の花や土筆《つくし》の絵などを描《か》き込んだ返事を、飛脚に託した。まだ梅も、日当たりのいいところに少し咲いているばかり、土筆が顔を出すのは来月になってからだろうけれど、お小夜さまの里帰りの頃にはきっと、春の足音が聞こえているだろう。

「今夜の鍋《なべ》はどうしようか」

　政さんが、家鴨《あひる》の肉に塩を振りながら言った。

「こいつの小鍋を立てるのは決めてあるが、味はいつもの醤油でいいと思うかい？」

　冬の夕餉《ゆうげ》に欠かせないのが小鍋立てだった。客の前に小さな火鉢を置き、その上に小鍋をかけて魚や鳥の肉、野菜などを鍋に仕立てる。台所での下ごしらえが簡単で、味付けも醤油や味噌《みそ》を溶くだけで大方決まるので、出す側にしてみたら都合のいい料理である。そして客の側も、寒い夜に小鍋立てが出されれば暖まれる。

　だが政さんは、あまり小鍋立てを好まなかった。小鍋料理そのものが嫌いだというわけではないのだが、料理人の思いが込められないと言う。

「もちろん、いい野菜、いい魚を選んで出せば、それなりの味にはなる。それぞれの野菜や魚からどれだけいい出汁が出るかが、小鍋の真価だからな。けどなあ、小鍋さえ出しておけばいい、という風潮が、どうも俺《おれ》の流儀に合わねえんだ」

　と言ってはいたが、その実、小鍋立てを出す時でも決して、他の料理をおざなりにしたりはしていない。小鍋の残り汁にはとてもいい出汁が出ているので、そこに冷や飯を入れれば美味しい雑炊になり、客はそれだけで充分に満足してくれるのだが、政さんは必ず、他に二、三品の小鉢を用意した。

それでも結局、小鍋を出してしまうと客の箸はもっぱら鍋をつつくことに忙しくなり、せっかく出した小鉢が箸つかずのまま残ってしまうこともあった。

「家鴨の肉自体は美味いもんだが、鍋に仕立てるとどうもつまらねえ気がするんだ」

政さんは、家鴨の肉を手で揉《も》んでいる。

「煮すぎると身が硬くなる。せっかくの皮も煮るとなんだか間抜けな味になるし、歯ざわりも悪い。だが出汁はいい。なんともこっくりとした、いい出汁が出る」

「では肉を薄く削《そ》いで、さっと湯にくぐらせて食べて貰《もら》えばどうでしょう」

「うーん、それでは出汁が出ないだろうなぁ。魚ならさっと湯にくぐらせるくらいでも湯に出汁が出るんだが。それに家鴨だの鶏だのは、肉が半生では腹を壊すことがあるしな」

「その家鴨、骨もありますか」

「あるよ。五羽潰《つぶ》してもらって、羽以外はみんなもらって来た。肝は生姜《しょうが》と醤油でじっくり煮ようと思うんだが、鶉《うずら》と違って家鴨の骨は、叩いても食えねえしな」

「でも出汁は出ますよね。魚でも骨を焼いたものから出汁を取ります」

「なるほど、骨から出汁、か」

「骨を大雑把に砕いて、煮出してみたらどうでしょう」

「臭みはどうする？」

「葱《ねぎ》の青いところを一緒に煮れば、ある程度は消えるんじゃないでしょうか。それと汁をよく漉《こ》して、あくをすっかり取り除けば」

「その出汁でどうする？」

「へえ、ちょっと思いついたことがあります。試してみてもいいですか」

「どうするんだい」

「蒸します」

「蒸す？」

「へえ。家鴨も鶏も、煮過ぎると硬くなりますが、煮が足りないと半生になります。けれど硬くなってもさらに煮ると、肉がほぐれるくらい柔らかくなりますよね」

「ああ、けど旨味《うまみ》はすっかり出ちまうぞ。身は柔らかくなるが味が抜ける」

「湯で煮ずに蒸せば、旨味は閉じ込められます」

「……なるほど。皮はどうする？　蒸したらくにゃっとして歯ざわりが悪い」

「蒸しあげてから、皮目だけ炙《あぶ》ります。それで香ばしさを出します」

「しかしそれで鍋になるかい？」

「骨で取った出汁に塩で味付けして、そこに蒸した肉を戻して小鍋に仕立てます。煮えやすい野菜、長葱だの、さっと茹でた大根だのをあわせて、お客さんには野菜が煮えたら食べてくださいとお願いします。蒸してある肉なので、鍋の出汁で温まれば食べられます。好みで醤油を垂らしてもいいと思います。食べ終えたら、冷や飯ではなく、茹でたうどんを入れます」

「うどんか！」

「へえ。あまり太くない方がいいと思います」

「面白えな。こっちの人はうどんを食うくらいなら蕎麦にしてくれと言うもんだが、上方では小鍋の後に飯じゃなくてうどんを入れたりするんだ。確かに、鍋の出汁で食ううどんは美味いに決まってる。おやす、その家鴨鍋、早速作ってみよう」

作り始めると、家鴨の骨から出汁をとるのに思った以上の時間がかかることがわかった。夕餉の支度にはぎりぎりになってしまったが、濃くて白い出汁が大鍋にたっぷりと出来上がって、やすは満足した。

新しい家鴨鍋は大好評だった。肉がほろっと柔らかいのに、味がしっかりしていて、最後のうどんがまた美味しい。ただ家鴨の肉と野菜を煮て食べるのとはまるで違う。小鍋なんて料理人の手抜きのように思っていたが、この味は真似《まね》できない。お客たちは口々にそう褒めそやし、料理人へとおひねりを渡す人までいたと言う。部屋付き女中たちは賄いを食べに来て、自分のことのように自慢げに話してくれた。そして賄いには、家鴨の出汁のうどんを出した。これも奉公人たちにすこぶる好評だった。

「小鍋立てってのも、いろいろ工夫すると奥が深そうだな」

政さんは満足げに言った。

「鍋では料理人の腕の見せどころがねえなんて思っていたが、おやすのおかげで俺も考えを変えた。冬の間は、どんな小鍋立てが作れるか毎日とことん考えて試してみよう」

政さんの料理帖《りょうりちょう》に、冬の献立として小鍋立てが並ぶことになった。やすも家鴨鍋が美味しくできたことで少し自信をつけ、あれやこれやと毎日小鍋に工夫を凝らした。

中でも好評だったのが、豆腐を作る前の煮豆をすり潰した汁を小鍋で出して、表面にできる湯葉をすくって食べてもらい、それから野菜や豆腐を入れて煮て、醬油にだいだいの絞り汁を入れたたれで食べてもらう湯葉鍋。細かく切った野菜と鶏の肉を混ぜたもの、生卵、餅、魚のすり身などを半分に切った油揚げに詰めて楊枝《ようじ》で止め、それを鰹出汁で小鍋に仕立てた福袋鍋。いきのいい鰤《ぶり》をできるだけ薄く削ぎ切りにして、昆布出汁に酒、醬油などで味をつけた出汁にさっとくぐらせて食べてもらう鰤鍋。家鴨鍋と共にこれらの小鍋は評判を呼び、わざわざ江戸から、鍋を食べるだけの為《ため》に泊まりに来てくれる客まで現れた。

如月《きさらぎ》に入っても、夕餉に鍋を食べたい、と所望する客は途切れなかった。

「この分だと、春になっても夏が来ても、鍋にしてくれって客がいそうだね」

おしげさんがそう言って笑った。

巷《ちまた》では、江戸でも品川でも、ころりはまだ消えてはいなかった。それでも客足が途絶えなかったのは小鍋のおかげだね、とおしげさんは言った。

「ころりってのは流行る時期があるもんだろう。そろそろ下火になってもいいと思うんだけどねえ」

「いや、それでも昨夏よりはましになっているように思います」

「どうかねぇ。もしかするところりってのは、寒い方が流行らないもんなのかしら」

ころりと一緒に流行り出したらとんでもないことになると恐ろしかったはしかの方は、なんとか収まっているようだった。幸い、とめ吉は、はしかにかかったことなどなかったかのように元気である。子供の場合には、回復したら後をひかないことが多いが、大人がかかると回復しても具合が悪いことが続く場合があるらしい。

とりあえず、紅屋の睦月は順調に過ぎて行った。年のはじめのひと月が平穏無事であると、このまま一年、何事もなく過ぎてくれるのではないかと、少し気持ちが明るくなる。

「おやす、顔をあわせるのは久しぶりだね」

裏庭を掃除していた時に声をかけてくだすったのは若旦那さまだった。そう言えば、新年のご挨拶の時以来、若旦那さまのお顔を見ていなかった、とやすは気づいた。紅屋では毎朝、若旦那さまが奉公人たちの前で、朝の挨拶と何か一言をくださるのが習わしだったが、若旦那さまがお留守の時には若奥さまや番頭さんが代わりにそれをする。ここのところは毎朝、番頭さんが奉公人たちの前に立っていた。

「へえ、若旦那さま、どちらかにお出かけでいらっしゃいましたか」

「ああ、江戸に行っていた」

やすは箒《ほうき》を手にしたまま、若旦那さまの前に立った。

「仕事の邪魔をしてすまないね」

「いいえ、大丈夫でございます」

「なんなら掃除を続けておくれ。耳だけ貸してくれればいいから」

やすは迷ったが、結局、箒をたてかけた。

「お茶をおいれいたします」

「そうかい、それじゃもらおうか。いや、中じゃなくて、こちらで飲もう。おやすと少し話がしたいのだ。平石のところに持って来ておくれ」

やすは台所に入って湯をわかした。若旦那さまのお好みは、濃いめにいれた煎茶《せんちゃ》。煎茶は奉公人には贅沢だが、泊まり客にはふるまうので用意してある。いつもの番茶をいれる時ほどには湯を熱くしない方が、煎茶の爽《さわ》やかな香りと甘さが出る。濃いめにいれる為に茶葉も少しだけ多くするが、長く出し過ぎると苦味が出てしまうので気を抜けない。

頃合いよくいれた煎茶は気持ちのいい綺麗な緑色で、良い香りがした。

「ああ、ありがとう」

平石に腰掛けていた若旦那さまは、盆から茶碗《ちゃわん》をとって飲み、ああ、美味いね、と微笑《ほほえ》んだ。

「紅屋でいちばん上手に茶をいれるのはおしげだと思っていたが、いつの間にかおやすはおしげに並んでしまったね」

「政さんも上手にいれますよ」

「それはそうだろうが、わたしは政一《まさいち》に茶をいれてもらったことがないんだよ」

若旦那さまはそう言って笑った。

「江戸には知り合いに相談ごとがあって出向いたんだが、あちらで紅屋の評判を聞いて驚いたよ」

「へえ、政さんはもともと、お江戸でも名の知れた料理人でしたから」

「いやいや、政一のことだけじゃない。去年の御殿山の花見弁当、あれが評判になっていて、作ったのが年若い女の料理人だというので、それも噂になっていた。おやすのことだ。もう品川では、おやすのことを知らない料理人はいないだろうが、江戸でも巷の噂になるほどだと知って、わたしは鼻が高かったよ」

「御殿山のお花見の折に、政さんがわたしのことをお大尽《だいじん》さまがたに紹介してくださったんです。そのことが噂になったのだと思います」

「江戸では女の料理人も増えて来ていると聞いているが、おやすのように若い娘で刺身をひく料理人は、やはり珍しいのだろうね。それで思ったのだが、そろそろどうだろう、おやす、おまえをきちんと、料理人として雇い直す時期が来たんじゃないだろうか。お勝手女中としてではなくて」

「わたしは、お勝手女中で充分でございます。紅屋には政さんがおります。料理人政一がいれば、それでいいのではないでしょうか」

「しかし先だってまでは平蔵《へいぞう》がいた。料理人が二人いても困ることはあるまい」

「へえ……でも……」

「実は政一には、もう話してみた。政一は、料理の腕も人としての振る舞いも、おやすには紅屋の料理人として少しも足りないところはない、と太鼓判を押してくれた。歳《とし》こそ若いが、それでも十九はもう立派に大人だ。何の問題もない」

やすは下を向いた。どう言えばいいのだろう。

「何か、不都合なことでもあるのかい」

「……不都合というわけでは」

「浮かない顔だね」

若旦那さまは、茶をすすってゆっくりと言った。

「いや、おまえの気持ちがわからないでもない。他の女中たちの気持ちを考えてしまうのだろう？」

やすは下を向いたままで、小さくうなずいた。

「確かに、おまえのように金で親から買い取った子が下働きから始めて、料理人として認められるなんてことはあまり例がないだろうね。普通に親元から奉公に来ても、女子《おなご》が出世したとして女中頭が目一杯、おしげでさえが、頭と呼ばれても女中は女中だ。おしげは本当に優れた人だが、それでも頭になれたのは三十路《みそじ》を過ぎてから。今のおまえと同じ十九の頃は、まだ廊下の雑巾《ぞうきん》がけだってやっていた。それと比べると、おまえの出世は破格だ。だがね、料理人としての才を持っているかいないかは、歳だとか出自だとかに関係はない。おしげはもののわかった人だから、きっと喜んでくれると思うが、まあ女中の中には、妬《ねた》みで陰口の一つも叩く者も出て来るだろう。しかしそんなことは、ささいなことだ。気にしなければいい。どうせ台所は政一の城、政一がおまえを料理人と認めるなら、誰も文句は言えないんだ」

若旦那さまは、空になった茶碗を盆に戻した。

「もう一杯、いれて参りましょうか」

「いいや、いいからおまえもここに座りなさい」

やすは言われた通りに石に腰をおろし、膝《ひざ》の上に盆を置いた。

「紅屋の中でおまえが何を言われようと、きっと政一が守ってくれるだろうし、おしげだっておまえの味方になってくれるはずだ。もちろん番頭さんも味方だよ。だからそれは本当に気にしなくていい。もし、おまえの仕事に差し障りが出るような嫌がらせをする了見の狭い者がいたら、その者こそ紅屋には不用なのだ。言い聞かせてわからないようなら、よそへ移ってもらうしかない」

「そ、そんなことは」

「大丈夫」

若旦那さまは和やかなお顔で言った。

「そんな不届き者は紅屋にはいないと信じよう。奉公人が働きやすい旅籠であること も、わたしや義父《ちち》のひそかな自慢だからね。紅屋で働いている者たちは、おやすが料 理人になったからと言ってひどく妬んだり、嫌がらせをしたりはしまい。おやすの足 を引っ張っても、何も自分にいいことは返って来ない。それよりも、揉め事を起こさ ずに毎日楽しく働いていた方が得だと、きっと思ってくれるだろう。だが、世間とい うものは、そうすんなりとはいかないかもしれない」

若旦那さまは、ひとつふぅとため息をついた。

「本来、料理の才に年齢はおろか、男か女かも関係はないとわたしは思っている。政 一も同じ考えだ。わたしの実の母は料理が上手で、芋を煮ころがしても魚を焼いても、 そのへんの一膳飯屋《いちぜんめしや》なんかよりずっと美味しいものを作ってくれました。この世の中 に、料理が上手な女などいくらでもいる。料理人でござい、とふんぞり返ってる男の 料理人の大半は、わたしの実母より料理が下手です」

若旦那さまはそう言って、昔を懐かしむように目を細めた。

「だがどうしたわけか、料理人というのは男がなるものだと思われて来た。まあそれにはそれなりの理由もあったのだろうね。大きな料理屋ともなれば作る料理の量も半端ではない、ずっと立ち仕事なのでそうしたところで働く料理人は偉丈夫でないといけない。大きな鍋に湯を張れば相当に重い、女では持てないかもしれない。まぐろだの鰹だの、大きな魚の頭を落とすには力も必要だ。出刃包丁は女の手にはごつ過ぎる。なんだかんだと、男の方が都合がいいことが多くて、いつの間にか男の料理人ばかりになってしまった、とかね。しかし一膳飯屋だの茶屋だのならば、女の料理人でも充分に務まるわけで、だからそうしたところでは女が料理をしているわけだ。だったら料理人は男でないといけない、なんて言い分にたいした理はないってことになる。結局のところ、料理人が男でないとならない理由なんてものはないんです。女であってはいけない理由もない。大事なことは、才があるかないか。技量があるかないか。そして、料理に対してどれだけ真面目に取り組んでいるのか、です。わたしも政一も、おやすはもう立派に料理人だと認めています。そしてそのことを世間にも、認めさせたい」

「……世間に？」

「そうです。ただの噂ではなく、紅屋のおやすは料理人でございますと、世間にお披露目しなくてはと考えています」

やすは驚くと同時に、少し怖く感じた。そんなことは、自分には向かない、そう思った。が、首を横に振ろうと思ってもそれが出来なかった。若旦那さまの口調はとてもきっぱりとしていて、嫌です、と言うのはわがままかもしれない、と思った。

「おやすも聞いているだろうが、義父《ちち》上様と義母《はは》上様が隠居されるお屋敷を御殿山の麓に建てているのだが、それが出来上がったら、義父上様の古希の祝いをそこでしようと考えています。それがお二人のご隠居を世間にお知らせすることにもなります。その祝いの膳を、おやす、おまえに任せたい。その上で、お招きした方々の前で、紅屋の料理人としてのおまえをお披露目したい。屋敷そのものはこの夏にも出来上がる予定だが、夏場は住まいを移すには向かないし、暑い最中の宴《うたげ》では招かれた方も迷惑だろうから、早くても涼しい風が吹く頃にと思っています。あるいは来年の桜の頃でも。いずれにしてもまだだいぶ先の話だけれどね、おやす、今からおまえにはその心づもりでいてもらいたい」

若旦那さまは立ち上がった。

「お茶をご馳走《ちそう》さま。仕事の邪魔をして申し訳なかったね。あとのことは政一とよく話し合いなさい」

若旦那さまは勝手口から中に入らずに、表の方へと回って行かれた。

やすはその背中に頭を下げてから、また平石に腰をおろした。なんだか足の力が抜けてしまったようで、すぐに掃除の続きを始める気持ちになれなかった。

三　お小夜さまの苦悩

月が替わり、如月《きさらぎ》に入ると春の気配が確かに近づいていた。

紅屋《くれないや》名物のよもぎ餅《もち》に使うよもぎの若葉も、もう少ししたら摘みに行ける。やすはよもぎ摘みを楽しみにしている。もうとめ吉《きち》に任せてもいい仕事なのだが、よもぎの葉を摘みとった時のあの香り、春の香りを自分の鼻で嗅《か》ぎたかった。

冬の間は、よもぎの代わりに抹茶《まっちゃ》を使った茶団子を時々作った。餅の中に餡《あん》を入れるのではなく、小さく作った緑鮮やかな団子に、つぶ餡をたっぷり載せて出す。これもよもぎ餅に負けず好評で、お客の中には、茶団子が食べたいので品川《しながわ》の宿は紅屋に決めている、という人もいる。もちろんお八《や》つに出せば奉公人たちも皆、喜んでくれる。

甘いもの、というのはいいものだな、とやすは思う。甘い食べ物は、体の疲れをとるだけではなく、気持ちも癒《いや》してくれる。元薩摩《さつま》藩江戸屋敷勤めの奥女中だった菊野《きくの》さんは、余生を宿場町の団子屋のおばば、としておくると決め、今はとても幸せです、と文《ふみ》をくれた。

だかそんな菊野さんの文に、気がかりなことが書かれていた。

あの、おあつさまが嫁がれたどこぞのお武家様が、ご病気で亡くなられたとあった。大変に格式の高いお武家様なので、寡婦となられたおあつさまは、髪をおろされたらしい。この頃《ごろ》では武家の後家さまでも再びどなたかに嫁ぐことは珍しくないが、やはり格式の高いところでは、夫に先立たれた妻は仏門に入るしかないのだろう。それでも寺に入られたわけではなく、嫁ぎ先のお家で暮らしておられるらしい。菊野さんの文には、これでおあつさまも少し緩やかにお暮らしになられるだろうから、文も以前より出せるのではないでしょうか、とも書かれていた。おあつさまがお気の毒という気持ちに偽りはないけれど、それでも、以前より多く文がいただけるかもしれない、というのは嬉《うれ》しかった。

そんなことができるのかどうかはわからないが、またいつの日か、おあつさまが気軽に品川に来られて、あの笑顔を見せていただけることもあるかもしれない。

菊野さんからの文で心がざわついたその数日後、今度は待ちに待っていた文が届いた。日本橋《にほんばし》のお小夜《さよ》さまからの文だった。ようやく如月のうちに百足屋《むかでや》に里帰りが決まったので、使いを出すから訪ねてほしい、と書かれていた。お小夜さまのお父上、百足屋のご主人が腰を痛めて床についているので、そのお見舞いというのが表向きの里帰りの理由だが、本当は他に理由がある、とも書いてある。

お小夜さまにお会いできると思うだけで嬉しさにやすの胸は高鳴ったが、お小夜さまの里帰りの本当の理由とはなんだろう。それを考えると、少し不安な気持ちになってしまった。

それでも、百足屋からのお使いが来るのを今日か明日かと待ちわびた。政《まさ》さんには許しをいただき、お使いが来たら八つ時に台所をぬけてもよいことになった。いつお使いが来てもいいように、やすは夕餉《ゆうげ》の下ごしらえを早いうちから済ませて待っていた。

日本橋からの文が届いてからちょうど七日目に、百足屋の小僧さんが勝手口から顔を覗《のぞ》かせた。

「若奥様が、こちらのおやすさんにおいでいただきたいと申しております」

小僧さんは見たところ、とめ吉よりも幼いようだったが、しっかりとした口調でそう言った。

「お仕事の合間でけっこうでございます、若奥様はずっとお待ちいたします、と申しております」

「お知らせありがとうございました」

やすは言って、小僧さんの手に、さらし飴を数個、紙で包んだものを載せてやった。

「半刻《はんとき》ほどで参ります、とお伝えください」

「へえ、かしこまりました」

小僧さんはきちんとお辞儀をして、さっと姿を消した。

「やっぱり脇本陣《わきほんじん》ともなると、小僧さんも品がいいですねぇ」

おうめさんが感心したように言った。

「顔も手もちっとも汚れてませんでしたよ、あの子」

「すんません、おいら、いつも顔と手を汚しちまってて」

とめ吉が申し訳なさそうに言ったので、みんな思わず笑った。

「お使いに出る時に、手を洗って顔も拭《ふ》いて行けばいいのよ」

やすは言ってとめ吉の頭を撫《な》でた。

「さっきの小僧さんだって、働いている時は手も顔も、足だって汚れているはずよ」

「へえ、おいら、つい顔を拭かずに出かけてしまうんです。里では誰《だれ》も、顔なんかいちいち拭いてなかったんで」

「この品川は、天下に名高い花街だからね、女中だって小僧だって、ちょいと小ぎれいにしとくもんなんだよ」

裏口から入って来たおしげさんがそう言った。

「行ったことはないけどさ、江戸の吉原《よしわら》なんざ、小僧も鼻に白粉《おしろい》をつけてるなんて噂《うわさ》があるよ」

「ひゃあ、おいら、白粉はいいです。おいらが鼻に白粉なんかつけてたら、団子の粉がついてるんだと思われます」

みんなが笑っている中、おしげさんが目配せをしたのにやすは気づいた。さりげなくおしげさんが裏庭に出たので、やすも続いた。

「百足屋のお使いが来たらしいね」

「へえ」

おしげさんは、わざわざ平石まで歩いてそこに腰掛けた。裏庭の隅にある平石は、奉公人が腰かけて煙草《たばこ》をのんだりして休むのに使われているが、内緒の話がある時にも自然と平石に腰かけて話す習慣がある。

「百足屋のご主人が、腰を痛められて、そのお見舞いにお小夜さまが里帰りなさっているので、これからお顔を見て来ようと思っています」

「そうだね、あのおひいさまも、いろいろとご苦労がおありのようだから、おやすの顔が見たいだろうね。それはそうと」

「へえ」

「千吉《せんきち》の居場所がわかったんだよ」

「本当ですか？」

「人伝《ひとづ》てに聞いただけだから、確かめたわけじゃないんだけどね。どうやら、板橋宿《いたばし》にいるらしい」

「板橋、ですか」

「あんなとこに親戚《しんせき》縁者がいるわけでなし、何をして暮らしているのかもわからない。ただ、千吉をよく知ってる小物問屋の手代が、何かの使いで板橋宿に行った際に見かけて、言葉も交わしたみたいなんだよ。あたしが自分で出向いて確かめて来たいところなんだけどね、板橋宿も大きな宿場だから、行ってすぐに見つかるとは限らないし、あたしが探しに現れたと知ったら、逃げ出しちまうかもしれないし」

おしげさんは、小さなため息をついた。

「前にも話したけど、十五両もの金をおいて消えちまった以上、向こうはあたしとの縁は切ったつもりだろうしねえ。どうしたもんか……番頭さんにでも相談してみた方がいいだろうねぇ。もちろん、千吉はもう大人だからね、あたしも千吉を品川に連れ戻そうなんて考えてやしないよ。ただ、世間に顔向けできないような暮らしをしていないかどうか、それだけが心配なんだよ。真面目《まじめ》に暮らしてるってわかったら、それでいいんだけどねえ」

「番頭さんには相談された方がいいと思います。けれど、番頭さんの顔は千吉さんも知ってますよね。番頭さんが板橋まで出向いても、千吉さんが気づいたら結果は同じかもしれませんね」

「そうだねぇ……でもまあ、番頭さんには話してみようかね」

おしげさんは腰を上げた。

「百足屋に行くなら、おひいさまがお好きな甘いものでも作って持って行くといいよ」

「そうですね。また茶団子でも作ります」

おしげさんが先に中に入り、そのまま奥に消えた。

やすはひと呼吸おいてから台所に戻った。

板橋宿には行ったことがないけれど、中山道《なかせんどう》の最初の宿場で、東海道《とうかいどう》における品川宿のようなところなのは知っている。宿も店も多く、人の行き来もたいそうにぎやかだと聞いたことがある。

千吉さんはそこで、どんな暮らしをしているのだろう。千吉さんの飾り職人としての腕は確かなものだった。なのでどこで仕事をしても、食べるのに困ることはないはずだ。だが最後に千吉さんと会った時に、千吉さんは、飾り職人の仕事を続ける気がないように感じた。芸者衆の髪を飾るきらびやかな簪《かんざし》を作ることにどんな意味があるのか、そんなことを言っていた。

やすの胸に、言いようのない不安が宿った。千吉さんが間違った道を歩いてしまいませんように、と、神仏に祈りたい気持ちだった。

❖

作りたての茶団子を小さな重箱に詰めて風呂敷《ふろしき》で首から提げ、やすは百足河岸《かし》を目指して歩いた。どうしても気がはやって駆け足になってしまう。十九にもなる娘が大通りを駆けていたら人目に付く。紅屋の赤い前掛けは外して来たが、やすの顔を知っている人は品川にたくさんいる。紅屋のお勝手女中ははしたない、お転婆だ、などと陰口を叩《たた》かれたら、政さんや番頭さんが笑われる。女中の躾《しつけ》をちゃんとしているかどうかも、お店《たな》の信用にかかわることなのだ。

やすは、大人になると不便なことも多いな、と思った。給金もいただけない下働きの女子《おなご》だった頃には、人からどんな風に見られるか、など気にしたこともなかった。とめ吉ではないけれど、手足や顔に少しぐらい泥がついていても、いちいち綺麗《きれい》に拭いてから買い物に出たりはしなかった。

だが確かに、百足屋の小僧さんは身綺麗にしていた。同じ旅籠《はたご》であっても脇本陣ともなるとやはり別格なのだ。

とめ吉の素直で真面目な性格を、やすはとても愛《いと》しいと思っている。それは何にも代えようがないあの子の美点だ。だがこれからは、少しずつ、とめ吉が世間からどう見えるかも考えてやらないといけないのかもしれない。言葉遣いや見た目に、ほんのちょっとだけ小言も言ってやらないといけないのかも。

あれこれ考えていたら百足河岸にはあっという間に着いてしまった。百足屋の裏に回り、勝手口から中の女中におずおずと声をかける。百足屋の勝手口は、紅屋の表口より大きくて立派だ。

「紅屋のやすと申します。お小夜さまに呼ばれて参りました」

やすが言うと、女中は慌てたように奥に引っ込み、すぐに別の女中が現れた。

「へえ、十草屋《とくさや》の若奥様からうかがっております。どうぞこちらへ」

やすは女中に案内されて広い台所を抜け、いくつか廊下を渡って、見覚えのある離れに着いた。そこは昔、お小夜さまと一緒に絵師の河鍋《かわなべ》先生に絵を習った離れだった。

女中が声をかけると、懐かしいお小夜さまの声が聞こえた。襖《ふすま》を開ける。

「やすでございます。お招きありがとうございました」

やすは頭を上げずに言った。が、お小夜さまの返事がない。その代わり、やすの頭のすぐ近くに、お小夜さまが好まれる香袋の匂《にお》いが漂った。

やすが顔を上げようとした時、やすの両頬《りようほほ》が柔らかな掌《てのひら》で包まれた。そのまま見上げると、お小夜さまの白いお顔がそこにあった。

「……あんちゃん」

お小夜さまの頬に涙が伝っていた。

「やっと、やっと会えた」

「お小夜さま」

やすは体を起こそうとしたが、それより早く、お小夜さまがやすを両腕で抱きすくめた。そして、お小夜さまは、子供のように声をあげて泣き始めた。

やすは困惑しながらも、お小夜さまの背中を優しくさすった。

「お小夜さま、お小夜さま。どうされました？　大丈夫でございますか？」

「だ、大丈夫よ。わたしは大丈夫。ただ嬉しくて。あんちゃんに会えて……ほっとしてしまったの」

やすは、お小夜さまの涙が止まるまで背中をさすり続けた。やがて泣き声も静かになり、しゃくりあげる音だけが聞こえ、それも次第に収まった。

お小夜さまに何があったのだろう。何があったにしても、それはとてもとても、お辛《つら》いことだったに違いない。

「ごめんなさい」

ようやく泣き止《や》んで、お小夜さまは照れた笑顔になった。

「わたしったら、赤子よりも大きな声で泣いてしまったわね」

「へえ。随分と大きな赤子でございました。外で女中さんがびっくりされたのではないでしょうか」

「しばらくの間、離れには誰も来ないようにしてあるから大丈夫」

確かに振り向いてみると、まだ開け放したままの襖の向こう、廊下には誰もいなかった。

「なのでお茶も、わたしがここでいれるしかないんだけど」

「そんな、お茶くらいやすがいたします」

広い畳の部屋の真ん中あたりに火鉢が置かれ、鉄瓶《てつびん》がかかっていた。奥の壁には小さな茶簞笥《ちゃだんす》が置かれている。

懐かしかった。お小夜さまと二人で畳の上に紙を置き、筆を動かして絵を描《か》いていたあの頃。そばにはなべ先生が座っていて、二人の絵を覗きこんでは楽しい話を聞かせてくれた。お稽古《けいこ》の間は女中を呼ばず、自分たちで茶をいれた。時には火鉢に網を載せ、その上で餅を焼いたりもした。お小夜さまは長い髪を少女のようにそのまま垂らし、振袖《ふりそで》を着ているのに墨で汚れても気にするそぶりも無かった。なべ先生はいつも穏やかに微笑《ほほえ》みながら、そんなお小夜さまの横顔を描いたりしていた。やすの淡い初恋は叶《かな》わなかったけれど、三人でこの部屋で過ごした時間は今でも、やすの心の宝物だ。

やすは茶簞笥から湯のみや急須《きゅうす》、茶筒などを取り出し、手際よく茶をいれた。持って来た茶団子も重箱のまま蓋《ふた》だけ開けて茶卓の上に置いた。

「あら、もうよもぎ団子？」

「いえ、抹茶を使った茶団子でございます。よもぎはまだ少し早いようで」

「紅屋のよもぎ餅は絶品だったわね。お父様も大好きで、春になるとわざわざ紅屋さんから持って来てもらっていたわね」

「へえ、今年もお持ちいたします」

「何もかも懐かしいわ。……お母様が亡くなって、江戸からここに引き取られた頃、わたしは怒ってばかりいたの。だって誰ひとり、わたしの言葉なんかちゃんと聞いてくれなかったし、わたしが本当にしたいことをさせてくれなかった。毎日がつまらなくて、さびしくて。そんな時に、あんちゃん、あなたが現れた。よもぎ餅を持ってね。わたし、一目でわかったのよ。この女の子はわたしの気持ちをわかってくれる。この子となら、仲良しになれる、って。そしてその通りだった。わたし……あんちゃんと知り合えて、本当に良かったと思っているの」

「わたしもですよ、お小夜さま。お勝手の見習いに過ぎなかったわたしなんかを、お小夜さまが大切にしてくださって、そして絵もご一緒に習うことができました。結局、絵は上手になりませんでしたが、今でもお料理をお客さまにお出しする時に、その料理を絵に描いて、簡単な説明をつけたものを一緒にお出ししています。それがとても好評なんですよ。わたしの下手な絵でも、その時の夕餉に食べた献立が描かれていれば、それが旅の思い出になるようです」

「いいわね、あんちゃんは、絵も仕事にいかすことができて。わたしも、時々は絵を描いているけれど、ただの手慰みで誰にも見せないの」

「清兵衛《せいべえ》さまにもですか」

「あの人に見せても、すごいね、上手だねと褒めてくださるだけで、本当に上手なのかそれとも下手なのかわからないんですもの」

お小夜さまは微笑んだ。

「相変わらずお優しいのですね、清兵衛さま」

「ええ、あの方はいつも変わらずにお優しいわ。……あまりお優しすぎて……わたし……わたし」

お小夜さまがまた涙ぐんだ。やすは楊枝《ようじ》を茶団子にぷつりと刺した。

「召し上がってみてください。よもぎ餅とはまた違って、抹茶の香りが清々《すがすが》しいですよ」

お小夜さまは、団子を口に入れて嬉しそうなお顔になった。

「本当、これも美味しい！」

「よもぎが採れるようになったら、よもぎ餅をお作りして、日本橋に届けてもらいますね」

「あんちゃんが届けに来てくれないの？」

「お届けしてもよろしいのですか？　お小夜さまはお忙しいと文に」

お小夜さまは、指先で涙を払った。

「ごめんなさい。……病がちな息子の世話で忙しい、と書いたのは……嘘《うそ》というわけではないのよ。息子が病がちなのは本当です。でも……あんちゃんに隠し事をするのが辛くて……」

「……隠し事？」

「せっかく日本橋まで来てもらっても、息子の顔を見てもらえない。それが辛くて悲しくて、あんちゃんに来てもらう勇気がわかなかったの」

「そんな……病がちなお子さまでしたら、無理にお顔を拝見しようなどとは思いません。そんなことお気になさらなくても」

「そうじゃないの！」

お小夜さまが、強い口調で遮った。

「そうじゃないのよ……あんちゃん、これを見てちょうだい」

お小夜さまは、やすに紙の束を手渡した。どれも上質の半紙で、何色かの高価な絵の具を使った絵が描かれている。

それは、子供の絵だった。歳《とし》はふたつほどだろうか。大きな目をした男の子。顔だけを描いたものでは、その子は笑っていた。とてもいい絵だ、とやすは思った。描いた人の愛情が溢《あふ》れている。

「……清太郎《せいたろう》です」

お小夜さまが言った。

「なんてお可愛《かわい》らしい。お目元は清兵衛さまにそっくりですね。お鼻とお口元は、お小夜さまによく似ておられます」

「とてもいい子よ。よく笑うの」

やすは次々と絵を見ていった。描かれた清太郎さまは、少しずつ成長されていた。この正月で確か三つ。もうやんちゃを始められるお年頃かもしれない。

え？

やすの手が止まった。

清太郎さまの立ち姿が描かれている。

これは……

「清太郎には、生まれつき、左の足の膝《ひざ》から下がないのです」

お小夜さまは静かに言った。

「医師が言うには、わたしのお腹《なか》の中にいた時に、何らかの理由で足が育たなかったのだそうです。理由はわからないんですって。それだけじゃないの。清太郎は胸も弱くて、すぐに咳《せき》や熱が出てしまうんです。そしてね」

お小夜さまがまた涙ぐんだ。

「清太郎は……聾者《ろうしゃ》なの。耳が聞こえない。だから話すこともできない」

やすは言葉が出なかった。何を言っても慰めにはならない。どんな言葉も、お小夜さまを傷つけずにはおかないだろう。

「赤子の頃は、足を何かでくるんでしまえば傍目《はため》にはわからなかった。だから親戚へのお披露目《ひろめ》も済ませたわ。けれど、大きくなってくれば隠しきれない。流行《はや》り病《やまい》を理由に清太郎とわたしは部屋に閉じこもって暮らしているけれど、清太郎はそんな足でも立って歩けるようになり、外にも出たがります。わたしは清太郎をもっとのびのびと遊ばせてやりたい。でも……十草屋の跡取り息子が五体満足ではない、耳も聞こえない体だと世間に知れてしまったら、どんなひどい噂を立てられるか。十草屋は薬種問屋です。それなのにそんな子が生まれたとなれば、商売にもさし障るかもしれない。いずれはわたしのこともあれこれ詮索《せんさく》されて、わたしのお母様が吉原の花魁《おいらん》であったことも知れてしまうでしょうね。わたしのせいで……清兵衛さんがどんな思いをなさるか……わたしの……せいで……」

お小夜さまの嗚咽《おえつ》が、やすの胸を貫いた。

「親の因果が子に報い、と見世物小屋の口上でも言っているでしょう。清太郎がこんな体に生まれたのはわたしのせいなんです。わたしが悪いんです。でもね、でも、清太郎は本当にいい子なのよ！　耳は聞こえなくても、わたしが身振り手振りで話しかければ一所懸命答えてくれる。面白いものを見るとよく笑うし、片方の足がなくても一人で立ち上がれる。走ることはできなくても、上手に杖《つえ》を使って歩けるの。頭だってとてもいいのよ。字を教えればどんどんおぼえるし、きっと学問だって修められるようになるわ。それなのに、このままだと清太郎を外に出すこともできない。塾に入れてやることもできない。どうしたらいいの、どうしたら……あんちゃん、どうしたらいいのか、教えてちょうだい！」

やすは、お小夜さまに駆け寄り、その体をそっと抱きしめた。

どうしてあげることもできない。

何も言葉をかけられない。

自分はなんと、なんと無力なのだろう。

「ごめんなさい」

お小夜さまは、息を整えると微笑んで言った。

「あんちゃんの顔を見て、つい、甘えたくなっちゃった。もっと早くあんちゃんには、清太郎のことを打ち明ければよかった。あんちゃんならわかってくれるでしょう。清太郎は本当にいい子だし、わたしは……この子を自慢したいのよ。足が片方なくたって、耳が聞こえなくたって、この子はわたしの悪業のせいで生まれた不憫《ふびん》な子なんかじゃない。賢くて可愛い、大切な息子なの」

「へえ。とても可愛らしいお坊ちゃんです。それにお小夜さまのお子ですから、たいそう賢いお子に間違いはありません」

「あんちゃん、日本橋に来て、この子と遊んでくれる？」

「もちろんです。喜んで参ります。清太郎さまは、お菓子は何がお好きでしょう。わたしに作れるものでしたら作ってお持ちいたします」

お小夜さまが、やっと笑顔になった。

「今のまま日本橋で暮らしていても、清太郎はどこにも出かけられないし、学ぶことでもできないでしょう。清さんは、気にせずに出歩けばいい、勉学ならば誰かに頼んでうちに教えに来て貰《もら》えばいいと言うんだけど、人の口に戸は立てられないわ。清兵衛さんはあまりにも善人が過ぎて、人の悪意を知らない人なの。わたしは女郎の子と陰口を叩かれて育ったから、世間の目がどんなものか少しは知っています。江戸で暮らしていた頃、少し華やかな着物を着て歩いていただけで、知らない人たちから睨《にら》まれたり、こそこそと嫌なことを言われたりしました。あんな思いを清太郎にはさせたくない。それでね、お父様にお願いして、清太郎とわたしとで、しばらく日本橋を離れて暮らそうかと」

「ここにお戻りになられるのですか」

「それも考えてはいるわ。この離れにいる限りは、世間の目に清太郎が晒《さら》されることもないでしょうし。でもそれでは、日本橋の家で座敷にこもっているのとあまり変わらないでしょう？　できれば清太郎を外に連れ出してやりたいし……どうしたらいいのか、考えているところなの。どうするのが清太郎にとっていちばんいいことなのか。それとね……清兵衛さんが、少し清太郎と離れて静養したらどうかと言ってくれて。

清太郎はわたしが守らなくては、と、ずっと気を張って暮らして来たでしょう。そのせいで、夜に眠れなくなってしまったり、髪が抜けたりするようになって。医師にも里帰りを勧められたの。ご実家で少しの間のんびりされるのがよろしいって。清太郎のことは、清兵衛さんの姉上が来て、わたしがいない間みてくれることになって。わたしはそんなのは嫌です、清太郎と離れたくありませんって駄々こねたんだけど……」

「お小夜さまのためには、良いことだと思いますよ。清兵衛さまもいらっしゃるんですから、清太郎さまはご心配いらないかと。もちろん母上さまが恋しくて、少しはお泣きになるかもしれませんが」

「それも清太郎にとって必要なことだから、と清さんが言ったの。あまりにも母親にべったりでいるのは良くないって。でも昨日からたった二日離れただけなのに、もうわたし、清太郎が恋しくて恋しくて。あの子は不憫なんかじゃない、って言ったくせに、やっぱり心のどこかでは、普通の子と違うんだからわたしが守らなくては、と気負ってしまっているのね。そんな様子を見て清さんも、少し離れてみた方がいいと思ったのでしょうね」

「本当にお優しくて、思慮の深いお方ですね」

「あんちゃんの顔を見て、里帰りしてよかった、と思った。ありがとう、あんちゃん」

「やすは何もしておりませんよ。ただ茶団子をお持ちしただけです。こちらのほうこそ、お小夜さまにお会いできて幸せです。どうか少しの間、こちらでゆっくりなさってくださいね」

「毎日遊びに来てくれる？」

「へえ、参ります。長い時間は難しいですが、朝の仕事が終わったらお八つの用意を済ませて、こちらに参りましょう。半刻ほどは大丈夫です」

「わがまま言って、ごめんなさい」

「お小夜さまのわがままをお聞きするのも、わたしにとっては楽しいことですから」

「わたし、いつまでも子供ね」

やすはうなずいた。

「へえ、お小夜さまはいつまでも、そのままでいらしてくださいませ。初めてお会いした時のまま、お可愛らしくてお綺麗で、誇り高く、朗らかで。やすはそんなお小夜さまのことが、心の底から好きなのですから」

四　幸安先生の言葉

百足屋《むかでや》から帰ってから、やすは心の乱れを持て余してしまった。料理に集中しようとしても、ふと我にかえるとお小夜《さよ》さまと清太郎《せいたろう》さまのことを考えてしまう。

だがいくら考えても、自分に何かしてさしあげられるとしたら、お小夜さまが百足屋にいる間は毎日顔を出し、少しでも笑顔になっていただけるように他愛のない話をすることぐらいだ。それと、お小夜さまがお好きな、餅菓子《もちがし》や饅頭《まんじゅう》を作って持って行くこと。だがそれをするには、政《まさ》さんの許しが必要だった。台所の餅米も砂糖も、紅屋《くれないや》のものなのだ。

だがすべてを話してしまうことはできない。お小夜さまが清太郎さまのことを打ち明けてくれたのは、やすを信じているからなのだ。やすは決して、そのことを口外しないと。

清太郎さまがご病弱であるということは政さんも知っているので、清兵衛《せいべえ》さまがお小夜さまの看病疲れを心配してお里帰りを許された、というくらいの言い方ならいいだろう。その上で、お小夜さまをお慰めするのに、毎日半刻《はんとき》ほど、百足屋に行って戻るのを許してもらおう。餅米や砂糖は、自分の貯《たくわ》えから買い足しておこう。

そんなことを考えていると、また料理から心が離れてしまう。

「なかなかいい蛤《はまぐり》だ」

政さんがやすの手元を見て言った。

「大振りで貝殻に厚みがあるが、形がいびつじゃない。いいものを仕入れたな」

「へえ、魚竹《うおたけ》の重吉《しげきち》さんが、紅屋さんにぜひと選んでくれたんです」

「あの若いのは重吉っていうのかい」

「へえ。これまで魚竹さんとしか呼んでませんでした。でも魚屋さんだって一人一人、名前があるんですよね。それで、お名前は、と訊《き》いてみたんです」

「いい心がけだな。俺《おれ》もついつい、魚屋や八百屋を屋号でしか呼ばないで済ませちまうが、そうだ、どんな店で働いていたって、一人一人ちゃんと名前はあるな。俺が政《まさ》一《いち》であるように、おまえさんがおやすであるように、な。で、その蛤、どうする？焼いて醤油《しょうゆ》を垂らしただけでも充分ご馳走《ちそう》だが、裏の山椒《さんしょう》に気の早い木の芽も出始めたようだから、木の芽味噌《みそ》で焼くのも良さそうだな」

「今夜は、小鍋《こなべ》にします。蛤と酒、塩だけの。食べる時にお好みで、醤油をさしていただいて」

「大根や青菜はなしかい？」

「あった方がいいでしょうか」

「そうだなあ、色合いからしたら青菜、この季節だと芹《せり》か菜の花が欲しいところだが、蛤は口が開いた途端に食べねえと真髄がわからねえ。余計なもんを入れると箸《はし》が迷っちまうな。ゆがいた大根をあとから入れて、蛤の出汁《だし》で煮るのも美味《うま》いが」

「これだけいい蛤なら、できるだけそのままの味を楽しむ方がいいように思います。身を食べ終えた汁は、そのままままずすっても美味《おい》しいですし、その場で女中さんに、洗った冷やご飯と卵をとき入れて雑炊《ぞうすい》に仕立ててもらうのもいいかな、と」

「そいつは間違いなく美味いが、小鍋の汁で雑炊、ってのは、あまりに当たり前過ぎる気もするな。まあ当たり前のものが一番美味い、ってのも真実なんだが」

やすは、なるほど、と考えた。当たり前のものが一番美味い。それはそうだ。そうだけれど、旅籠《はたご》に泊まることは旅人にとって、普段の毎日とは違う特別なことのはず。品川《しながわ》のように料理屋がたくさんある宿場町で、あえて宿の夕餉《ゆうげ》を食べるとしたら、当たり前のものが当たり前に出て来るのでは寂しくないだろうか。

やすは、以前に、政さんが砂村《すなむら》のきゅうりを冷やして、それに箸を刺したものをそのまま出したことを思い出した。品良く切り揃《そろ》えたきゅうりでも当たり前に美味しいところを、あえて、屋台の料理のように少しお行儀の悪い形で出したのは、砂村のきゅうりを食べたことを「旅の想《おも》い出」にしてもらいたかったからだった。

　春の蛤は当たり前に美味しい。しかもこれだけ上等な蛤だ、味に間違いはない。それを簡素に酒と塩で小鍋にすれば、蛤そのものの美味しさを心ゆくまで堪能《たんのう》できる。さて身を食べ終えると出汁が残る。出汁には蛤の美味しさがたっぷり残っている。そこに冷やご飯を入れ、卵をとき流せば定番の雑炊になる。決して間違いのない味だ。誰《だれ》でもが納得のできる味だ。ただ、目新しさはない。客は蛤の身を食べ終えた時点で、次は出汁で雑炊だろうと見当をつける。その通りに雑炊が出て来て、想像通りの味だったとして、そのことは旅の想い出になるだろうか。

　蛤はまだ旬《しゅん》のうちだし、江戸前の蛤はとても上等だが、品川の名物と謳《うた》われるほどではない。浜が少なくて岩場の多い品川では、貝類よりも海苔《のり》や若布《わかめ》の方が名が知られている。だが海苔も若布も香りが強い。蛤と合わせると、蛤の繊細な風味を消してしまう恐れがある。

　やすはあらためて、夕餉に使うつもりの野菜や芋が載ったざるを眺めた。どの野菜も芋も、おうめさんが丁寧に洗って、少しでも傷んだところは取り除いてあるので、ぴかぴかと光って見えるほどだ。

やすは一人頷《うなず》くと、ざるから野菜を取り出して刻み始めた。

おうめさんの声に振り返ると、勝手口から幸安先生の顔が覗《のぞ》いていた。

「あら、幸安《こうあん》先生！」

「おやすさん、今、忙しいですか」

「あ、大丈夫です。どうぞ中へ」

「いやその」

幸安先生が顎《あご》を外に向けたので、やすは合点して手早く番茶をいれ、湯呑《ゆの》みを盆に載せて外に出た。

裏庭の平石は、なんだかすっかり、他人に聞かれたくない話をする時に座る場所になってしまっている。

「お番茶ですけど、どうぞ」

「ああ、すみません。夕餉の支度で忙しい時に来たりして申し訳ない」

「おうめさんもとめちゃんもいてくれるので大丈夫です。今は番頭さんと碁を打ってますけど、いざとなったら政さんも手伝ってくれますから」

幸安先生は番茶をゆっくりとすすった。

「紅屋の台所は、もうすっかりおやすさんが仕切っているんですね」

「いいえ、まだまだです。初めて作る料理の味は政さんが決めてますし、献立も毎日、政さんに相談しています。奥にお客さまがいらした時は、政さんがすべて作ります」

「それにしたって、毎日の夕餉はおやすさんの仕切りでしょう」

「へえ、なんとか任せてもらえるようになりました」

「すごいなあ。あなたの料理人としての成長には、本当に驚かされます」

「そんなに褒めていただくようなことはありません。毎日失敗もたくさんしています。それより幸安先生、遠慮なさらずに賄《まかな》いを食べにいらしてくださいね。とめちゃんは、はしかで死なずに済んだのは幸安先生のおかげだと、お顔を見るのを楽しみにしているんですよ」

「医者がはしかにできることは何もありませんよ。とめ吉《きち》が助かったのは、とめ吉自身の体の強さのおかげです。毎日よく食べてよく働いて、よく眠る。とめ吉はそうやって、自分の体を強くしていた。あの子の素直さが、あの子の体の強さも作っているように思いますね」

「そうかもしれません」

「しかしとめ吉は、見る度に背が伸びていますね。あれはなかなか大男になるかもしれない」

「とめちゃんがはしかで寝ている時に、お里からご長男がいらしていたんです。その方もなかなかの大きな体をなさってました」

「わたしは前にここにいた小僧さんのことを知らないんですが、噂《うわさ》ではお侍になったとか」

「へえ。会津《あいづ》藩の伊藤《いとう》家に御養子に迎えられました」

「その人も大きい方でしたか」

「あ、いえ、勘平……伊藤さまは、それほど大きな人ではありません。背は幸安先生と同じくらいかと」

「そうですか……」

「あの、何か……?」

「あ、いやなんでもありません。それはそうと、おやすさん、今日、百足屋に行かれましたね」

「へ、へえ」

「わたしも今、百足屋からの帰りなんです。……百足屋の旦那《だんな》さんに文《ふみ》をいただき、お小夜さんと話をしてほしいと呼ばれました」

やすは、思わず溜息《ためいき》を漏らした。その様子を見て、幸安先生は優しく微笑《ほほえ》み、尻をずらして平石に場所を空けた。

「あなたもお座りなさい。立ったまま話すようなことでもないでしょう」

「へえ。失礼いたします」

やすは幸安先生の隣に腰を下ろした。なぜだか、ほっとした。

「私はお小夜さんという人をほとんど知らなかったのです。もともと百足屋のお嬢様ですからね、私のような徒歩《かち》医者ではなく、きちんと診療所を開いている名の通った医者がかかりつけでしたでしょうし、日本橋《にほんばし》に嫁がれてからは大店《おおだな》の、それも薬種問屋の若奥様ですから、江戸でも指折りの名医がかかりつけ医となられたはずです。私に縁のある方ではありません。ですが、とめ吉のはしかの際におやすさんに送ってくださった生薬、あれをおやすさんのご厚意で私が使わせていただいて、そのおかげで良い治療ができましたので、お礼の文を出させてもらいました。その文に丁寧なお返事をいただいたので、なんとなくそれ以来、時折文をやり取りするようになっていたんです。とは言え、名医がついておられるお小夜さんに私なぞが医学のことであれこれ指図することはできません。むしろ、品川の様子をお伝えしたり、聞きかじった面白いことを徒然《つれづれ》に書き送ったりと、まあ若奥様のお気持ちをほぐせるような文にしようと思って書いていました。そうこうするうちに、ご子息の心の臓に問題があるということ、片方の足の膝から下が生まれつき欠けていること、耳があまり聴こえないことなどを書いてくださるようになりました。本当は、おやすさん、あなたに話したいのだけれど、おやすさんは心が優し過ぎるので、きっと心配して心を痛め、そのせいで仕事にも差し障りが出てしまうかもしれない、とも書いてありましたよ」

「……お小夜さま……」

「お小夜さんにとってあなたは、なんと言うか、お小夜さんの心を暖かく照らす春の光のような存在なのだろうなと、私は感じました。そんなあなたを心配させたくない、あなたが泣いたり暗い顔をするのは見たくない、それがあの人のお気持ちなんだと。なので、私もあなたには今日まで、そうしたことを伝えませんでした」

「……わたしには何もできません。ですが、それでも、もっと早く知っていれば……少しでもお小夜さまをお慰めするような文を書いていたと思います」

「そうでしょうね。しかしお小夜さんは、あなたにそうやって励まされること自体が辛《つら》かったのかもしれませんよ。これはとても大切なことですが、お小夜さんは、清太郎坊ちゃんのことを心から誇りに思っていて、ご自分が可哀想《かわいそう》な母親だなどとは少しも考えていらっしゃらない。他人がお小夜さんをお気の毒にと慰めることは、そうしたお小夜さんの心をかえって傷つけるかもしれないんです。お小夜さんが清太郎さんを不憫《ふびん》に思っておられるのは、これから先、そうした不利なことが原因で苦しい人生を歩かなければならないからであって、足が不自由だったり心の臓が弱かったり、耳が聴こえにくかったりするから不憫なわけではないんです。少なくともあの方は、そうとらえていらっしゃる。正直、私は感銘を受けました。お小夜さんはお強い。そして、正しいものの見方をされていらっしゃいます」

やすは幸安先生の言葉を考えてみたが、もうひとつよくわからなかった。やすの怪訝《けげん》な顔を見て、幸安先生は優しく微笑んだ。

「例えばおやすさん、あなたは鼻がきくと評判ですよね。以前に私のところに、生薬について調べにいらした時も、あなたの鼻の鋭さには驚かされました。鼻がきく、というのは、この国では別段悪いことではありませんよね。それどころか役立つことのほうが多い。ですが、国が違えばどこか遠い国では、鼻がきくことを忌まわしいことだと考える人たちもいるかもしれない」

「そんな国があるのですか！」

「いやいや、これは例えです。で、もしあなたがそうした国に生まれてしまったら、鼻がきくことで蔑《さげす》まれたりいじめられたりするかもしれない。あなたは鼻がきくことを隠して生きて行かざるを得ないかもしれません。けれど、鼻がきくということそのものは、悪いことではない。あなたが悪いわけでも、鼻がきくから不憫だということでもないわけです。しかもあなたの鼻が優れていて他の人に迷惑がかかるわけでもない。ただ単に、あなたが生まれたその国では、忌まわしいとされている、それだけです。お小夜さんは、清太郎坊ちゃんについても同じように考えていらっしゃいます。心の臓に問題があろうが、耳が聴こえにくかろうが、足が不自由だろうが、それは清太郎坊ちゃんの罪ではないし、他の誰に不自由を強いているわけでもない。心の臓が弱いのであれば、無理をしない、薬を飲むなどの対処をすればいい、耳が聴こえなくても表情や手振りなどで意思は伝え合える、足が不自由でも杖《つえ》を使えば歩けるのだし、遠出するなら駕籠《かご》に乗ればいい。他の子供たちにできることは、清太郎坊ちゃんにだってできるはず。だから哀れんでもらう必要はない。ただ問題なのは、世間の口です。薬種問屋の息子が病弱で足も耳も悪いとなれば、世間はどんな陰口を叩《たた》くものかわからない。そうした陰口は、お小夜さんご自身はなんとも思わないけれど、十草屋《とくさや》の評判を傷つけたのでは清兵衛さんに申し訳ない。お小夜さんの憂いはそのことなんです。ですから、おやすさん、お小夜さんをお慰めする時にはそのことをしっかり頭に入れておいてください。体が不自由だから坊ちゃんがお可哀想、という慰め方では、お小夜さんをかえって傷つけ、侮辱することになります」

「へえ。……わかりました。しっかりと考えてみます。うわべだけで適当にお慰めしてはいけない、と肝に銘じます」

「あなたはとても賢い人ですから、きっとわかると思いますよ。それを信じているからこそ、お小夜さんもあなたに打ち明ける決心がついたのでしょう」

「清兵衛さまはどのようにお考えなのでしょうか」

「私は清兵衛さんとは面識がありません。しかし、お小夜さんの話を聞く限りでは、とてもしっかりとしたお考えを持った、大変に頭の良い方だと思います。坊ちゃんにどのような不自由があったとしても、それで狼狽《うろた》えたり、お小夜さんを責めたりするようなことはなさらないでしょう。実際、清兵衛さんは以前とまったく変わることなく、お小夜さんや坊ちゃんに優しく接してくれているようです」

　きっとそうに違いないとは思っていたけれど、幸安先生にそう言ってもらえてやすは心から安堵《あんど》した。世間では、体の不自由な子が生まれると捨て子同然に田舎《いなか》に里子に出したり、母親ごと離縁するような家もあると聞いている。

「清兵衛さまがお優しい方で、本当に良かった」

「そうですね、その通りです。が、十草屋のような大店に対しては、何かあれば世間の口が石つぶてになります。我々誰しも、お金を持っている人に対しては心の中に妬《ねた》みを抱えているものです。羽振りのいい大店の跡取り息子が、足が悪いとか耳が聴こえないなどという噂話は、そうした妬み心には美味しい餌ですよ。ついでにお小夜さんの出自についてもほじくり出されてあれこれ陰口を叩かれる、そのことで清兵衛さんがどれほどの迷惑を被るのか。お小夜さんは、それを何より心配しています。……今回のお里帰りは、坊ちゃんのことにかかりきりで食も細ってしまったお小夜さんを心配して清兵衛さんが提案したことだそうですが、今日のお小夜さんの口ぶりでは、このまま離縁してもらった方がいいのではないかと考えているようでした」

「そんな！」

やすは思わず立ち上がった。

「お二人は心の底から慕いあっていらっしゃいます。それなのに離縁だなんて！」

「慕いあっているからこそ、清兵衛さんに負担をかけたくないというお小夜さんの気持ちは、わからないでもないんですよ。世間の陰口というものは、甘くみていると大変な目に遭います。悪い噂が立って潰《つぶ》れた大店は決して少なくありませんからね」

「でも、でも」

やすは言葉がうまく出て来なかった。なぜだかわからないが、お腹《なか》の底が熱い。これは、怒り、というものなのだろうか。

「先生だっておっしゃったじゃありませんか！　清太郎さまもお小夜さまも、何一つ悪いことなんかなさっていないって」

「はい、その通りです。お小夜さんは、坊ちゃんのお体のことは自分に責任があると考えているようでしたが、医者の目から見れば、生まれてみなくてはわからないものなのだから仕方がない。確かに、親から子に伝わる病というものはありますし、家系的に出現してしまう体の異常もあります。ですがお小夜さんご自身にはそうした問題はなく、家系的にもお小夜さんの知る限りは、子供を産んではいけないようなことは何もなかった。大雑把な言い方になりますが、こうしたことは、運、だと私は考えています。誰が悪いのでもなく、本当に、たまたま、なのだと。むしろお大尽の家に生まれて良かった、と言えるかもしれません。心の臓に関しては、江戸でも指折りの漢方医が薬を処方しておられますし、足のことは常に坊ちゃんの面倒をみる女中や下男が近くにいるわけですから、杖さえあれば生活はできるでしょう。駕籠だっていくらでも使えますしね。耳に関しては、もう少し大きくなるまで様子をみる必要があると思いますが、坊ちゃんはとても賢い子のようなので、おそらく、学問にもさほど支障は出ないと思います」

「せめてお耳だけでも、聞こえるようにはならないのでしょうか」

「直接診《み》させていただいた訳ではないのではっきりしたことは言えませんが、お小夜さんの話によれば、まったく聴こえないのではなく、音によっては聴こえるとか、大きな音は気づくといった様子ですから、もしかすると聴こえるようになるかもしれません。ただ、赤子の時に耳が聴こえない子が、その後聴こえるようになったという症例は、私は知らないんです。私は所詮《しょせん》、町の徒歩医者です。十草屋さんの財力であれば、どんな名医にでも坊ちゃんを診せることができるでしょうから、いずれ朗報が聞けるかもしれませんね」

「わたしに……わたしにできることはあるのでしょうか」

「ありますよ。とても大切なことが。お小夜さんが品川に戻ったのは、何よりもあなたに会いたかったからではないか、とわたしは思います。坊ちゃんの体は体として、その坊ちゃんにとって母上であるお小夜さんは何よりも大事な人だ。その大事な人があなたを必要としているんです」

「でも」

「難しく考える必要はありません。お小夜さんは坊ちゃんが生まれてから、一時も気の休まることがなかったはずです。寝ても起きても、坊ちゃんのことばかり考えていたと思います。今、お小夜さんに必要なのは体を休めることと、心を休めることです。体の方は、数日坊ちゃんから離れてゆっくり眠れば、かなり回復すると思います。ですが心は、外からはわからない分、厄介なんです。お小夜さんはあなたに会いたがっている。あなたが会いに行ってあげるだけでも、お小夜さんの心には良薬となるはずです」

「お会いしに参ります。政さんの許しをもらって、これから毎日お顔を見に参るつもりです。でも、どんな話をすればいいのか……」

「少しでも、お小夜さんが笑顔になれるようなお喋《しゃべ》りができるといいですね。だがあまりあれこれと考えないことです。あなたはあなたらしく、今までそうだったように振る舞えばよろしい。お小夜さんは、そんなあなたを見たいのだと思いますよ。お慰めしようなどと無理に言葉を選んでも、お小夜さんは賢い方だから、あなたに余計な気を遣わせていることに気づいてそれが心苦しいだけでしょう。できるだけ、いつも通りのあなたのままで接してさしあげてください。あなたがお得意の、甘い餅菓子でも作って持って行かれたらどうですか。それを二人で食べながら、世間話でもなされればよろしい。それがきっと、何よりの薬になると思います」

夕餉の賄いを食べて行ってくださいと申し出たが、幸安先生は、診察があるからと帰って行った。やすは台所に戻り、番頭さんとの碁打ちを終えて政さんが戻るのを待ちながら料理を続けた。

蛤鍋の締めをどうするかは、おおよそ決まった。大根、芹人参《せりにんじん》、青菜を細かく刻んで茹《ゆ》で、ざるにあげて水気を切っておく。ぱりっと炙《あぶ》った海苔をできるだけ細く切る。

「おうめさん、味見お願いします」

試しに蛤を一つ小鍋に入れ、酒を少しと塩を入れて煮る。煮えた蛤は、とめ吉にとって置いてやった。

蛤をひきあげた出汁に野菜を入れ、温まったところで、飯にかけた。刻んだ海苔を少し載せる。

「あら、色が綺麗《きれい》！」

蛤の出汁には醤油を使わないので、飯にかけると野菜の色がひき立った。

「うん、うん、いいお出汁。さすが蛤ですね。たった一つでこのお味！」

「お客に出す小鍋には、七つばかり入れようと思ってます。もっと濃いお出汁になるかと」

「それなら茹でた野菜を入れても水っぽくなりませんね。この、海苔がとても効いてますよ。もっと欲しいくらい」

「海苔を載せ過ぎると、せっかくの蛤の風味が海苔に負けてしまうんで、ほんの少しがいいと思うんです。それでも海苔を載せたことで、品川らしさが少しは出るかなと」

「雑炊にせずにぶっかけにしたのは？」

「へえ、雑炊は、汁に溶け込んだ野菜や魚、鶏肉《とり》などの旨味《うまみ》が渾然《こんぜん》となったところに飯を入れ、飯をほとびさせてから卵で全体をまとめます。汁の旨味も飯の甘みも、全部が混ざって卵で包まれたような味になります」

「それが美味しいのよねえ」

「へえ、それが鍋のあとの雑炊の真骨頂です。でも蛤鍋は、蛤の旨味それだけを存分に味わうために、他のものを入れません。残った出汁も、蛤の旨味だけが溶けた、すっきりとした味になります。せっかくのすっきりとした味に、飯を入れてほとびさせて余計な甘みを出してしまうのがもったいない気がするんです。けれど飯に何も入っていない出汁をかけただけではあまりに寂しいし、手を抜いたような料理に見えてしまいます。茹でた野菜を入れて温めるだけでしたら野菜の旨味が溶け出したりせず、出汁はすっきりとしたまま。それを飯にかけるだけでほとびさせないなら、米の甘みも無駄に出ません。口の中で嚙《か》めば野菜や飯の旨味も甘みも出汁と混ざりますが、その前にまず口に入るのは、すっきりとした蛤の出汁の風味、そしてそれと合わさる品川の海苔の風味です。雑炊よりも、よそゆきの味になると思いました」

「よそゆきの味、か。なるほどねえ」

「旅籠で夕餉を食べるのは旅の夜ならではの楽しみですから、後になって、ああ品川であんなものを食べたなあ、と思い返せるような、少しよそゆきの顔をした料理もいいんじゃないかと」

「小鍋の後の雑炊じゃ、どんなに美味しくても食べたことを忘れちまいそうですもんね、あんまり普通で。これなら見た目も綺麗だから、想い出になりますよ、きっと！」

政さんが台所に戻ったので、やすは、百足屋に通いたいと政さんに告げた。清太郎さまのことは話さずに、お小夜さまのお心が疲れているようなので、とだけ言うと、政さんは、万事わかった、という顔で頷いてくれた。

「おうめにしっかり指示して、夕餉の支度に支障が出ないようにしてくれたら構わねえよ。献立は早めに出してくれ。おうめだけでは難しそうなところは、俺がなんとかする」

「へえ、朝餉の片付けが終わったらすぐに出します」

「おやす」

政さんの顔が、少しだけ心配そうに翳《かげ》った。

「何もかも一人で抱えこむんじゃねえぜ。自分の手に負えないと思ったら、俺にだっておしげにだって相談できるんだ。お小夜さんのことが大事なのはわかるが、紅屋にとっては、いや、俺にとってはおまえさんの方が大事だ。それを忘れねえでくれ」

やすは、へえ、と、深く頭を下げた。


その夜から、やすは台所を片付け終えて戸締まりを済ませると、あがり畳に座って献立を考えるようになった。翌日の夕餉の献立をいくつか、おおよそ決めて必要な野菜や魚などを書き出す。だが実際に献立が決まるのは、翌日に仕入れを済ませてからだ。魚も野菜も、思ったようなものが仕入れられなければ献立を変えなくてはならない。

そのついでに、翌日のお八《や》つの菓子も考えた。お小夜さまがお好きな餅菓子を、飽きが来ないように工夫する。同じものを紅屋の奉公人たちのお八つにも出すので、一度にたくさん作れるものにしないとならない。上等の菓子を食べ慣れているお小夜さまに食べていただくとなると、砂糖も小豆も最上級のものをおごりたくなるが、そんな贅沢《ぜいたく》なものを毎日奉公人のお八つにしていたのでは紅屋の儲《もう》けがとんでしまう。そこはお小夜さまに我慢していただくしかないが、砂糖や小豆を最上級にできない分工夫して、見た目も味も江戸の菓子屋に負けないものを作ればいい。

幸安先生の言葉は一つ一つ、やすの心に染みていた。清太郎さまもお小夜さまも、お可哀想、なのではないと幸安先生は言っていた。ただ、お気の毒に、お可哀想に、と慰めの言葉を並べるだけでは、かえってお小夜さまを苦しめることになるかもしれない、とも。ならばどんな言葉を選べばいいのか、何とお声をおかけしたらいいのか。

幸安先生は、いつも通り、あなたらしく、と言っていた。

わたしらしく。わたしらしい、ってどういうことだろう。

お小夜さまのお心の中は覗けない。他人の心をすっかり知る術《すべ》はない。知ろうとしなくてもいいのだろうか。覗こうとしてはいけないのだろうか。

幸安先生は、今まで通りに接しなさい、とおっしゃったのだろうか。

やすは、自分に置き換えて考えてみようと思った。もし自分が産んだ子が、心の臓が弱かったり足が不自由だったり、耳が聞こえなかったとしたらどうだろう。それでもおそらく、自分の子は可愛《かわい》いに違いない。何より大切だと思うに違いない。それは、生まれた子が五体満足、何も問題がない場合と少しも違わないはずだ。それなのに、可哀想に、気の毒に、と慰められてばかりいたら。自分にとっては他の誰よりも可愛い子供なのに、憐《あわ》れみの目で見られたとしたら。そんな子がいたら大変でしょう、と言われたら。

幸安先生が何を自分に伝えたかったのか、少しわかったような気がした。けれど自信はなかった。いくら想像してみても、子供を産んだことすらない自分には到底想像しきれない。ただ、お小夜さまが「会いたがっている」自分は、清太郎さまがどんなお子さまなのか知る前の自分なのだ、ということだけはわかった。お小夜さまは、昔のようにわたしと喋ったりお菓子を食べたりなさりたいのだ。それが今のお小夜さまにとっては、何よりの薬なのだ。

考え過ぎてはいけない。頭でいくら考えたって、所詮、お小夜さまの悩みや苦しみをわかることなんかできない。それよりも……手を動かそう。お小夜さまが喜んでくださるような美味しい餅菓子を作ろう。食が細っているお小夜さまでも食べたくなるような、簡単な献立も考えてみよう。幸安先生にお願いして、それを百足屋の台所に伝えて貰《もら》えばいい。わたしにできることは、そういうこと。手を動かして、真心を込めて、美味しいものを作ること。

五　桔梗さんの消息

　それから毎日、やすは朝餉の片付けを終えると夕餉の献立作りにとりかかり、その傍らで餅菓子を作った。定番の鶉餅《うずらもち》、豆餅、きな粉餅などにちょっとした工夫をして新しい味を作る。鶉餅は腹太餅《はらぶともち》とも呼ばれて、腹持ちがいいのでお八つには人気だが、ただ餡子《あんこ》を餅でくるんで砂糖をまぶしただけではつまらないので、餡子の中に昨秋に作った栗《くり》の砂糖漬けを入れてみた。代わりに砂糖はまぶさず、品良く仕上げる。豆餅は乾かして焼いて食べても美味しいので、多めに作って持って行った。きな粉餅は一口くらいの大きさに作り、きな粉に青大豆の粉を混ぜて美しい若緑色の菓子にしてみた。

　それらの菓子を手土産《てみやげ》にして百足屋に向かう。百足屋で過ごせるのはわずか半刻ほどだったが、お小夜さまと餅菓子を食べ、他愛のないことで笑い合った。話題は無理に選ばず、お小夜さまにお任せした。お小夜さまは持ち前の「知りたがり」を発揮なさって、勘平が会津の侍となったこと、とめ吉のはしか、新しい紅屋の内湯のことななどなど、なんでもかんでも知りたがり、やすに話させた。代わりにお小夜さまは、十草屋で働いている女中さんの面白い話だの、日本橋で見聞きした事柄などを話してくれた。そうこうするうちにお小夜さまの方から、清太郎さまについても話してくださるようになった。清太郎さまの左足は膝《ひざ》の少し下から先がないのだと言う。けれどその、丸くなっている先を使って器用に立ち上がることもできるし、杖を二本使えば一人で歩くこともできるらしい。この正月でやっと三つ、だがとても育ちの早い子で、寝返りも腹ばいもあっという間、気づいたら手近なものにつかまって、不自由な足で器用に立ち上がっていた。足が不自由な分、腕の力は強いと言う。

似顔絵に描かれた通り、お父上さま譲りの大きな目をしていらして、女子《おなご》のように睫毛《まつげ》が長いのだそうだ。

そして何より驚くのは、字をおぼえるのがとてつもなく早かったこと。耳が聞こえないので言葉を口にすることはできないようなのだが、試しにいろはを教えてみたところ、お小夜さまの口の動きといろはのつながりがすぐにわかったようで、音はうまく出ないけれど口の形は真似《まね》するようになり、お小夜さまの口の動きを見て、それを文字で書いてみせた。清兵衛さまもその様子にはひどく驚かれて、江戸で名の知れた漢学の先生を連れて来た。その先生が数日通って清太郎さまとやりとりした挙句、坊ちゃんは神童であらせられます、と言われたらしい。そのことを話すお小夜さまの顔はとても自慢げで、喜びに輝いていた。

幸安先生の言葉があらためてやすの心に染みた。清太郎さまは、お可哀想などではないし、お小夜さまだって、お気の毒などではないのだ。

一度自慢を始めたら止まらないようで、お小夜さまは嬉《うれ》しそうに、清太郎さまについて滔々《とうとう》と話し続けた。やすはそんなお小夜さまがなんだか眩《まぶ》しかった。

そんなふうにして数日過ごすうちに、お小夜さまの顔色はみるみる良くなって行った。細っていた食も少し戻ったようで、餅菓子の他にやすが作って持参した煮物などにも箸をつけてくださり、いくらか頬《ほお》のあたりもふっくらとして来た。

「そろそろどうするか決めようと思うの」

お小夜さまが言った。

「日本橋に帰るか、それともこのままここにいるか」

「まさか、ご離縁だなどとは……」

「それも考えたけれど、清さんは絶対に承知しないでしょうし、わたしも清さんなしの人生なんか嫌だわ。何より、清太郎と離れているのはもう我慢できないの。寂しくて、清太郎に会いたくて」

「ではお戻りになられるんですね」

お小夜さまは小さく頷いた。

「日本橋よりも品川の方が好きよ。何より、あんちゃんがいるんだもの。でも一度日本橋に帰って、じっくりと考えてみるわ。お父様は、この離れに清太郎と二人で暮らせばいいと言ってくださってるの。ここはお客も通さない、女中の口さえ固ければ、世間に清太郎のことが漏れ伝わることもないからって。でもね、わたし、清太郎には広く世の中のことを見せてあげたい。日本橋にいてもここにいても、世間から隠れているのなら一緒だわ」

「薬種問屋というご家業では、清太郎さまのことを世間に知られるのはいけないことなのですね」

「薬を扱う商いだから……どんな陰口を叩かれないとも限らないものね。世間って、隙《すき》あらば人の足を引っ張ろうとするものだから」

お小夜さまのお顔がまた暗く翳った。

十草屋にいる限り、清太郎さまが好きに外を歩ける日は来ないのだろうか。杖を使えば歩くこともできて、文字も読める。それなのに、外に出ることを許されずに家の中に閉じ込められてしまうなんて。

だからと言って、ここに来ても事態はそう変わらないかもしれない。百足屋は脇本陣、品川では一、二を争う大旅籠だ。百足屋の旦那さまはお小夜さまを可愛がっておられるけれど、継母さまはお小夜さまをずっと無視していたと聞いている。おそらくは世間体を気にされる方で、お小夜さまの母上さまが元吉原《よしわら》の花魁《おいらん》だということが何より気に入らなかったのだろうと、お小夜さまが言っていた。そんな人ならば、清太郎さまのことも世間体第一で疎まれるのではないかと容易に想像がつく。

お小夜さまと清太郎さま、それに清兵衛さまが三人揃って、誰に気兼ねすることもなく楽しく暮らすには、一体どうしたらいいのだろうか。

だが、やすにはどうすることもできないし、口を挟むことでもないというのもわかっていた。どうするか決められるのはお小夜さまと清兵衛さまお二人だけ。

とにかく一度日本橋に帰ると、お小夜さまは決心された。お別れは寂しいけれど、お小夜さまは確かに一歩、前に進まれるのだ。

❖

夕餉の支度に遅れないように、と、百足屋から帰る足取りは自然に早くなる。紅屋の近くまで来る頃《ころ》にはすっかり小走りになっていて、勝手口に着いた時には少し息が切れていた。

勝手口は開いていたが、中に入ろうとしてやすは、ぎょっとした。戸口の横、空いた味噌樽《みそだる》が置かれた陰に、誰かがうずくまっていた。

そのうずくまっていた人が、不意に立ち上がった。

偉丈夫な若侍に見えた。が、伸びきった髪やくたびれた着物から、浪人のように見えた。

「あなたが、おやすさん？」

若侍が訊いた。

「紅屋の、女料理人というのは、あなたのことですか？」

「へ、へえ」

やすは返事をしたが、思わず後ずさった。

「な、なにかご用でございましょうか」

「拙者は、有村《ありむら》と申します。相模屋《さがみや》にいた桔梗《ききょう》という女を探しております。桔梗があなたのことを時々話していたことを思い出し、あなたでしたらあの女の居所をご存知ではないかと伺いました」

やすは若侍の顔を見た。なかなかの美男だった。

桔梗さんが品川を去る前に、所帯を持ってもいいと思う恋仲の男がいた、と言っていたことを思い出した。

この人なのだろうか。

でも居所を探しているということは、桔梗さんは、この人に京に向かうことは告げていない、ということか。

そうだ、確か桔梗さんは、男と別れた、と言っていた。

有村という若侍の喋り方は、言葉そのものは江戸言葉だったが、どことなくお国訛《なま》りを感じさせる。その訛りが進之介《しんのすけ》さまと似ている、とやすは気づいた。この人は薩《さつ》摩《ま》の人？　けれど、桔梗さんは、恋仲の男は水戸《みと》藩にかかわりがあると言っていなかったかしら？

やすは迷ったが、桔梗さんが自分で伝えなかったことならば、やすが教えることはできない、と思った。

「相模屋にいらした桔梗さんでしたら、確かに存じております。けれど品川を去ってどこに行かれたのかは存じません」

「あなたに別れを告げに来たのではないのですか」

「へえ、品川を出るとはおっしゃってました。ですが、どこに向かうかは聞いておりません」

若侍の顔に落胆の色が現れた。

「そうですか。わかりました。失礼いたしました」

有村は、一礼すると去って行った。


桔梗さんは、紅屋の若奥さまの、実の妹さんだった。不幸な成り行きでお女郎さんになり、いくつかの花街を流れて品川にやって来て、土蔵相模《どぞうさがみ》と呼ばれる大旅籠、相模屋で飯盛り女となった。だが才覚のある人で、自力で借金を返し、相模屋を出た。それだけの金を貯《た》めるには、綺麗事ばかり言ってはいられなかったのだろう、世間知らずな大店の若旦那をたぶらかしたことが原因で、とめ吉がひどい目に遭ったこともある。若奥さまはなんとかして桔梗さんを苦界から救おうとしていたのだが、桔梗さんは、若奥さまの情けを受けるのを頑として拒否し、自力で足を洗ったのだ。桔梗、というのは花街での名前なので、品川を出たら別の名前を名乗っているかもしれない。

桔梗さんは、なぜかやすのことを気に入っていて、時々ふらっと勝手口に顔を見せた。たいして親しかったわけではないが、桔梗さんが現れて平石に腰掛け、煙草《たばこ》を一服する間、とりとめもなく二人で世間話などをするのは、やすも嫌ではなかった。品川を去る前に、若奥さまと桔梗さんは、やすの料理を食べながら姉妹水入らずの時を過ごした。

京に着いたら文をくれる、と言っていた気もするのだけれど、あれから文は届いていない。

京では、知り合いのやっている料理屋を手伝うと言っていたけれど、元気で働いているのだろうか。

あの有村という若侍は、桔梗さんと恋仲だった人なのだろうか。桔梗さんに未練があって探しているのだろうか。

脱藩浪士の数がどんどん増えている、と番頭さんが言っていたことを思い出した。昔はご浪人さまと言えば、藩がお取り潰しになってしまって仕官先がないという方が多かったらしいが、今は自分の意思で藩を出て江戸や京に集まって来る、脱藩浪士が多いのだそうだ。無論どこの藩でも脱藩は大罪だろう。だが、二度と故郷に戻れないかもしれないとわかっていても、捕まったら命がないとわかっていても、それでも脱藩して江戸や京に集まるというのは、そうまでして成し遂げたいことがあるからなのだろうか。

桔梗さんは、相模屋に遊びに来るのは浪人や下級武士が多いので面白いのだ、と言っていた。そうした人たちが酔って饒舌《じょうぜつ》になり、どうせ女郎にはわからないだろうと、お上の悪口やら藩の悪口、偉い人たちの悪口などを喋り散らす、それを聞いていると、世の中が本当はどうなっているのかがわかるのだ、と。やすはそんなことを考えたこともなかったので、桔梗さんの言葉に驚いていた。やすにとって世の中のことは、瓦《かわら》版《ばん》に書かれていることがすべてだったのだ。

その瓦版に書かれていることすら、やすにはよくわからないことが多い。井伊《いい》大老によって多くの人々が投獄され、斬首《ざんしゅ》される、「戊午《ぼご》の大獄」が行われていると書かれていても、なぜそんなにたくさんの人が断罪されるのかがわからない。斬首までされるというからには、相当に悪いことをしたのだろうと思うのだが、瓦版を読んだ人たちはあまりそう思っていないようだった。特に番頭さんと政さんは、なんてことだろう、おいたわしい、と、ひそひそ嘆いていた。まるで二人とも、ご大老さまのやり方に憤慨しているようだった。そう言えば桔梗さんも、井伊さまがご大老さまになられて、大変なことになるというようなことを言っていた。

しかしやすには、ご大老さまが間違ったことをされるなどとは思えない。そういう風に考えたことがない。

世の中が動くことに対しての不安を打ち明けた時、それが大人になったということなのだ、と政さんに言われた。自分と自分の周りの狭いところだけに目がいっていた子供の自分から、広く世の中のことにまで気持ちが向くようになった大人の自分に変わったのだ、と、やすは思おうとしていた。が、どこかで、変わりたくない、という自分にも気づいていた。ご大老さまのなさることが間違っているかもしれないなんて、そんなふうに考えたくはなかった。お上のなさることに間違いはない、そう信じていたかった。

今では、やすも知っていた。

お上だろうが、公方《くぼう》さまだろうが、間違ってしまわれることはあるのだ。ご大老さまのなさっていることが、間違っていることもあるのだ。

だがそれではいったい、どうやって暮らしていればいいのだろう。

桔梗さん。桔梗さんなら、答えを知っているかもしれない。

京でどんな暮らしをしているのか。どんな人と会い、何を耳にしているのか。文をください、桔梗さん。やすに教えてください。世の中が本当はどうなっているのか。誰を、何を信じて暮らしていればいいのか、教えてください。

❖

「まあ、なんて綺麗なんでしょうね」

おうめさんが桶《おけ》を覗き込んで歓声をあげた。

「透き通ってて、ぴかぴかしてて！　白魚《しらうお》なんて上等な魚、料理したことないですよ！　一膳飯屋《いちぜんめしや》で出せるようなもんじゃないしねえ」

「これ、魚の赤ん坊ですか」

とめ吉が興味津々の顔で桶の中を見ている。

「何の赤ん坊だろう。鰯《いわし》かな」

やすは笑って言った。

「佃島《つくだじま》の白魚よ。滅多に仕入れないいんだけど、魚竹さんがね、佃島まで行って買い付けて来たんですって」

「白魚ってのは佃島の漁師しか獲《と》ったらいけないいんでしたっけ」

「今でもそうなのかどうか、よく知らないけれど、権現《ごんげん》さまの時代から、佃島の漁師が獲るものと決まっていたはずよ」

「鰯の赤ん坊じゃないんですね」

「とめちゃん、鰯の赤ん坊はちりめんでしょ。教えたじゃないの」

「これは白魚という魚で、これで大人なのよ。暮れの頃から獲れるけれど、春がいちばん美味しいと言われてる。さてどうやって料理しようかしらね。さっと茹でて山葵《わさび》と醬油で食べるのもいいし、酢の物にしたり、青菜や海苔と和《あ》えたりもできるけど。さっくりと揚げるのも美味しいのよ」

「賄いにも出ますか」

とめ吉は心配そうな顔で訊いた。

「出せるわけないでしょ。高いんだから、白魚は」

おうめさんの返事に、とめ吉はがっかりしてうなだれた。

「そんなにがっかりしないで」

やすはとめ吉の頭を撫《な》でた。

「茹でてみて、欠けちゃったり崩れたりしたのがあれば、味見させてあげるから。ふきのとうをたくさん採《と》って来てくれたご褒美」

その日、とめ吉は一人で野草摘みに出かけ、ざるに溢《あふ》れるほどふきのとうを集めて来てくれた。

お客には天ぷらで出し、賄い用には刻んで味噌で和える。ふきのとうが出てくれれば、次は芹、そしてよもぎ。お小夜さまが日本橋に帰られるまでによもぎが出てくれますように。紅屋自慢のよもぎ餅を作るのが今から楽しみだ。

夕餉の献立は、まずは白魚の椀《わん》もの。大根を出汁で煮て椀におき、その上に茹でた白魚を盛り付けて出汁をはる。山葵をちょんと載せる。大根は色が白いので白魚の底上げに使っても目立たない。ふきのとうは天ぷらにして塩を振る。鰆《さわら》をつけ焼きにして、梅の花の形に切った生姜《しょうが》を甘酢につけたものを添える。青菜はさっとゆがいて、削り節と醤油で和え、名残りの柚子皮《ゆずかわ》を散らす。飯には干瓢《かんぴょう》、椎茸《しいたけ》、芹人参などを混ぜ込んで甘酢で味付けし、薄く焼いた卵で茶巾《ちゃきん》に包む。ちょっと手が込んでいるけれど、春めいた華やかな献立になった。

献立が決まったら紙に書いて政さんに見てもらう。お八つには久しぶりに、きんつばでも作ろうかしら。お小夜さまもたまには、餅菓子じゃないものが食べたいだろうし。

桔梗さんのことはちらちらと頭をよぎるけれど、わたしには今、するべきことが他にあるんだ、とやすは自分に言い聞かせていた。

六　鰹の味

お小夜《さよ》さまはひと月ほど百足屋《むかでや》においでになり、弥生《やよい》が終わる頃《ころ》に日本橋《にほんばし》へと戻られた。

やすは、毎日百足屋に出向いて作りたての菓子をさしあげ、半刻《はんとき》ほどお喋《しゃべ》りのお相手をして過ごした。お小夜さまは日に日にお元気になられ、げっそりと痩《や》せ細っていた体もだいぶふっくらと戻り、お顔の色も良くなられた。食が細っていたと幸安《こうあん》先生から聞いていたが、やすが作る菓子はぺろりと平らげてくださった。けれど、日本橋に残して来た清太郎《せいたろう》さまのことは常に心から離れないようで、段々と、逢《あ》いたい、逢いたいと呟《つぶや》くようになっていたので、日本橋にお帰りになると聞いた時、やすは、少しほっとした。

「今度は清太郎を連れてここに帰って来るわね」

お小夜さまは言って、微笑《ほほえ》んだ。

「あんちゃん、清太郎の為《ため》にも、美味《おい》しいお菓子を作ってちょうだい」

「もちろんです。清太郎さまは、どんなお菓子がお好みなのでしょうか」

「甘いものを食べ過ぎるのは良くないと聞いたので、あまりお菓子は食べさせないようにしているの。なのでどんなものでも、甘いものは喜ぶわ。でも、そうね、いちばん好きなのは、丸ぼうろかしら」

ぼうろ、は、南蛮《なんばん》菓子だ。やすも何度か食べたことはあるが、作ったことはない。だが、あれならば作れそうだ、と思った。小麦の粉と卵の黄身と、砂糖。あとは何が入っているのかしら。南蛮菓子の本も政《まさ》さんから借りてあるので、今夜から読んでみよう。

「作り方を学んでおきます」

「無理しなくていいのよ。あんちゃんが作るお菓子なら、団子でも草餅《くさもち》でも、なんでも美味しいわ」

「へえ、けれどいい機会なので、南蛮菓子も作ってみたいんです」

「相変わらず、あんちゃんは料理のことになると、本当に熱心なのね」

「好きでしていることですから。料理の本を読んでいると、つい夢中になって朝まで読み通してしまいます」

「羨《うらや》ましいわ。わたしも以前はそうだった。蘭方《らんぽう》医学の本を手に入れると、蘭語もよくわからないのに挿絵や図だけ夜通し眺めていた。なのに、清太郎を産んだら気持ちが全部、清太郎に向かってしまって。でもね、蘭語だけは、少しずつ学び続けているのよ。清《せい》さんが習っているので、教えてくれるの。そのおかげで、蘭語で書かれた本も少しは読めるようになったの。清さんは、えげれすの言葉も習い始めたの。あんちゃん、知ってる？　えげれすとめりけんは、お国が違うのに言葉が同じなんですって。どちらの国もこの国と商いができるようになったから、これからは英語の時代だと清さんは言うの。英語、というのが、えげれすやめりけんの言葉なの」

「もう蘭語はいらなくなるのですか」

「そんなことはないと思う。和蘭《オランダ》はこれからも、この国にとって大事な商いの相手ですもの。でもね、和蘭よりもえげれすやめりけんの方が力の強い国なのですって。商いが活発になれば、力の強い国が優勢になる。きっともう何年もしないうちに、英語の方が大切になるでしょう、って。清さんの言うことは時々、小夜にはよくわからないのよ。でも清さんは嘘《うそ》は言わないから、きっとそうなんだと思う」

やすは、めまいがしそうだった。やすには、この国で使われている文字だけでもまだまだ覚え切れず、政さんから借りた料理書でさえ、知らない文字を見つけてしまう。それなのに、お小夜さまは蘭語まで学び、さらにはきっと、英語まで学ぼうとされるのだろう。

　やすは、頰《ほお》を少し赤らめながら、新しい異国の言葉や医学について話すお小夜さまを見つめ、あらためて、お小夜さまへの憧《あこが》れを感じていた。この人ならばいつかきっと、ご自分の夢を叶《かな》えられるだろう。それがどれほど途方もない夢であったとしても。

　ただ、やすにはもう余計な迷いはなかった。自分には自分の道がある。料理、という道が。自分は料理人として、お小夜さまに負けないくらい、その道を突き進んでいけばいい。

❖

　お小夜さまが日本橋に帰られて、やすはまたいつもの日常に戻った。

　季節は春からほととぎすの鳴く頃へと移りつつある。その年も、弥生の終わり頃から始まった初鰹《はつがつお》騒動はまだ続いていた。初鰹は始めのうちは高値が過ぎて、紅屋《くれないや》の夕《ゆう》餉《げ》にはとても出せない。ぼちぼち「初」鰹、という呼び名もそぐわない頃になって、ようやく献立に並べることが出来る。それでもこの時期、初鰹を食べないと気が済まない、という人もたくさんいて、まだ魚屋は鰹を売り歩く。

「困ったわね」

　やすは、魚竹《うおたけ》の桶《おけ》を覗《のぞ》き込んで思わず腕を組んだ。

「これは、うちじゃ出せませんよ」

その鰹は、賄《まかな》いで食べるなら奉公人は喜んで食べるだろうし味もそれなりだろうと思えるものの、紅屋の夕餉に刺身で出すには難があった。鰹は身が傷みやすい魚で、特に初鰹は早船で運ばれ、何よりもまず、早く魚河岸《うおがし》に並べられるようにと扱われるので、どうしても身と身が桶の中でぶつかって表皮が傷む。そうした鰹は身が少し柔らかく緩む。

もともと初鰹はあぶらがのっていないので身は硬い。上方ではあぶらののりがいい魚が好まれるらしいが、品川《しながわ》ではやはり、あっさりとした刺身の方が人気で、その点初鰹は江戸や品川の人の口に合うのだが、身が緩んでしまうと途端に、独特の鉄のような味、魚の血の味が滲《にじ》み出て、品のない刺身になってしまう。そうした鰹でも皮目を焼いて香ばしさを出したり、粗塩《あらじお》に酢で軽く締めたりと料理する方法はいくつもあるのだが、素の状態で出せないものをお客に出すのは、政さんの流儀に反する。賄いならば、どんなものでも工夫して美味しく食べるのは悪いことではないけれど、銭をとって客に出す料理に誤魔化しはゆるされないというのが、政さんの考えだ。

「そこをなんとか、お願いできませんかい」

魚竹の重吉《しげきち》が必死の眼差《まなざ》しを向けて来る。

「うちも、これを紅屋さんに押し付けようってはなから思ってたわけじゃねえんです。本来はもっといい状態で魚河岸に届くはずだったのに、早船の馬鹿な若造が、どこぞのお大尽《だいじん》さんにそそのかされて、沖商いをしちまったんで」

沖商いは、金持ちが舟を雇って沖に出て、江戸や品川に向けて戻って来る早船に近づき、直接取引して初鰹を買い占めてしまう荒技だ。弥生の終わり頃、初鰹が始まったばかりだとそうした無理をしてまで初鰹を早く手に入れようとする者はけっこういるが、この時期になってもまだそんな無茶をする金持ちがいるとは、と、やすは呆《あき》れた。

「初鰹の食べ納めで宴会をするとかで、旬《しゅん》の終わりにどれだけいい鰹が出せるか競ってるんだそうで。お大尽ってのはまったく、世話の焼ける連中ですよ」

「鰹は身が傷みやすいから、確かに、沖商いで手に入れればそれだけ早く、傷みの少ないものが手に入るわね」

「まともな早船ならそんな商いはしませんよ。魚河岸があり、魚屋があっての漁師なんですから。うちは魚河岸に話をつけて、どの船の魚を買うかまで決めてあるんです。なのにどうしたことか、たまたまいつもと違う船頭が乗ってたみてえで。まあそれはそれ、上物をさらわれただけならまだ良かったんですが、残ったものを運ぶのに、沖商いで時を食ったってんで無茶をしたようで、魚を舟底で転がしちまったようなんです。これでもまだましなのを選んで持って出たんですが」

「……うちよりも、もう少し気楽に仕入れてくれるところがあるのじゃありませんか？　一膳飯屋《いちぜんめしや》さんとか、居酒屋さんとか」

「それはそうなんですがね、確かに皮に少しばかりの傷はありますが、これはそんなに悪いもんじゃねえと思うんです。早船で持ち込んだ鰹はどうしても仕入れが高くなるんで、居酒屋におろせる値まで下げたらこちらの儲《もう》けもなくなって、足が出ちまうんですよ。それに、おやすさんに料理してもらったら、この鰹だって客に出せる料理になるんじゃねえかって……皮に傷はあっても、形はいいし……」

重吉の言葉に嘘はない。その鰹は、決して悪い魚ではなかった。だが魚屋の本音はやはり、値をあまり下げて売りたくはないということだろう。だがそれではうちが損をしてしまう。やすは苦笑した。

「やっぱりこれを刺身で出すのは無理だわ。賄いで使うにはもったいないし……」

「少しは値をお下げします」

いくら下げてもらっても、賄いというのはあくまで、余ったもので作る料理だ。奉公人が食べる為だけに仕入れをしていたのでは、紅屋の台所は立ちゆかない。

が、奉公人たちに初鰹を食べさせてあげたら、どんなに喜ばれるだろう。たとえ一人ひとときれでも、刺身で出してあげられたら。

やすは仕入れ書付の写しをめくった。帳面払いの仕入れは書付の写しをもらって綴《と》じてある。この卯月《うづき》、今のところは余計な出費もない。

政さんに相談しようかしら。一瞬考えたが、政さんは献立日記を書くために奥の部屋にいる。わざわざ訊《き》きに行っても、そのくらいのことはおまえさんで決めな、と言われるだけだろう。

「わかりました。その鰹、いただきます。そのかわり、少しおまけしてちょうだいね」

やすが決心して言うと、重吉の顔がパッと明るくなった。

さて、初鰹。

あらためて買った鰹を眺め、指先で身の硬さを確かめる。悪くない。刺身でも充分美味しい。が、皮の傷は目立つ。皮だけ焼き目をつけるか、いっそ皮をすべてはいでしまえば、傷がある魚だということはわからないかもしれない。いいや、それはだめ。お客を誤魔化してはいけない。

賄いには刺身で出すが、お客の献立にこの鰹を主菜にはできない。それでもやすには考えがあった。

刺身にする半身を取りおいて、残りを丁寧に洗い、骨から半身をはずした。それに塩をすりこみ、酒を少しかけて蒸籠《せいろ》で蒸す。

「おや、この匂《にお》いは鰹ですか」

おうめさんが鼻をひくつかせた。

「ええ、なまりを作ってみようと思って」

「なまりですって？　ああ、あたしらの賄いにするんですね」

「いいえ、なまりで小鉢を一品、と思って」

「なまりなんて、紅屋の夕餉に出すようなもんじゃないでしょう。売れ残りを安く買った鰹とか、初鰹を食べ惜しんで古くしちまったのだとか、そんなので作るもんですよ！」

「でもおうめさんの一膳飯屋では、出していたでしょう？」

「ええ、そりゃ出してましたよ。あたしと亭主がやってた店は、そんなごたいそうな店じゃありませんでしたからね、二日目の鰹は刺身じゃ出せないんで、なまりにして煮付けてました」

「なまりの煮付け、あれはあれで美味しいでしょう」

「まあ、ご飯には合いますからね。酒のあてにも人気はありました。とは言え、ねえ、なまりはなまりですよ。ご馳走《ちそう》にはなりません。もともとぱさぱさしてるもんですし、生臭さもあります。それを煮付けてようやっと食べられるようなもんです」

「前々から、なまりも作り方によっては、もっと美味しくできると思っていたの。元の鰹があぶらのない締まった身だから、それを蒸すとどうしてもぱさついてしまう。なので蒸し加減に気をつけて、ぱさつかないぎりぎりで止める。蒸し終えたらさらしにくるんで休ませる。加減さえ気をつければ、しっとりした仕上がりになるはずよ」

「けれど、それを煮付けちまったら、せっかくのしっとりも意味がないじゃないですか」

「ええ、だから煮付けないの」

「煮付けないで、どうするんです？」

「さいて、和《あ》え物にしようかと」

「何で和えるんですか。すりごまですか？」

やすは、ふふ、と笑った。

以前、浜で漁師が酒を飲みながら、なまり節をさいてそのまま食べているのを見たことがあった。あれでは生臭くてまずいだろうと近寄ってみると、そのなまりは干し節だった。魚を干すと、お日さまのおかげで身の生臭さがなくなり、旨味《うまみ》が増す。干して硬くなった分、噛《か》むと旨味が口の中に広がるので、酒のあてには刺身よりもいい。そんな中に、一人、赤酢につけて食べている人がいた。酢につけると味が変わって、どちらかと言えば一本調子な鰹の味も変化が楽しめる。なるほど、と思って、いつか試してみようと思っていたが、紅屋でなまりを作ることがなかったので試す機会がなかった。

あれから時々、なまりと酢、の組み合わせについて考えていた。干さなくても酢を使えば、生臭さは消すことができる。だがなまりを酢の物にしただけでは、やはり品の良さに欠ける。そもそもなまりを出した時点で、お客は内心、少しがっかりするだろう。それを、ひと口食べて、あれっ？　と思わせるには、意外な味が必要だ。

「黄身酢で和えてみようと思って」

「黄身酢？」

「おうめさんの店では使わなかった？　黄身酢」

「使ったことないですねぇ。卵の黄身だけ使うと白身をどうしたらいいか困っちゃうし、酢の物に卵はちょっともったいなくって。似たような味なら、ぬたでもいいでしよう」

「ぬたに使う酢味噌《すみそ》も考えたんだけど、黄身酢の方が酢味噌よりもふわりとした優しい味になるから。それになまり節の野暮ったさが、黄身酢を使うことで少しよそゆきになって、お客に出す献立向きだと思うの」

「でもあれって、手間がかかるでしょう」

「二人で作れば、そう手間でもないわ」

やすは鍋《なべ》に湯をわかし、その中に丼《どんぶり》を置いた。卵の黄身だけ椀《わん》に取り出して、慎重にからざを取り除き、菜箸《さいばし》を数本使ってよく溶く。そこにみりん、塩、砂糖を少し。さらによく溶いて、それを湯の中に置いた丼にそっと流した。菜箸で休まずにかき混ぜる。

「お酢を少しずつ入れてね」

おうめさんが白酢をそっと流しこむ。やすは手を止めずにとにかく混ぜ続けた。

「熱くなり過ぎると固くなるんで、そろそろ湯から出しましょう」

丼を湯からひきあげ、さらに箸でかき混ぜ続けると、まるで味噌を溶いたように、もったりととろみがついて来る。

「そんなに長く、混ぜるんですね」

「ええ、湯からひきあげたら、少し箸の動きを大きくしてやると、ふんわりとして来るの。いい具合になって来たわ。ちょいと味見してみる?」

やすは菜箸の先に黄身酢をつけて、それをおうめさんの手の甲にちょんと載せた。おうめさんは舌先でぺろっと舐《な》めた。

「あらあ、美味しい! 酢味噌よりずっと柔らかい味ですね。酢が強くないから、品がいいわ」

「ええ、けれどこれを献立にすると卵をけっこう使うから、なかなかに贅沢《ぜいたく》な酢の物ね。でもこれなら、なまりを出してもお客が嫌な顔はしないと思うの。なまりは本来、なかなか美味しいもの。初鰹の刺身ほどの華やかさはないけれど、食べ応《ごた》えもあるし、お酒にもご飯にもよく合うわ」

「でも残った白身はどうします?」

「明日のお八《や》つに、山芋の白饅頭《しろまんじゆう》を作りましょう。白饅頭は作りたてより少しおいた方が美味しいから、今日のうちに作っておけば明日は楽ができるし」

「でもとめちゃんにみつかったら、食べたがって大変ですよ」

「隠しておかないといけないわね」

やすは笑って言った。とめ吉《きち》は番頭さんの部屋で、算盤《そろばん》の稽古《けいこ》中だった。

白饅頭は中に餡《あん》を入れない饅頭で、山芋と米粉、卵白で作る。政さんが、料理本に出ていた軽羹《かるかん》という薩摩《さつま》菓子をもとにして考えた素朴な饅頭だ。小麦粉で作る饅頭の皮よりも固く仕上がるので、中に餡を入れない方が美味しい。

とめ吉が台所に戻るまでに、おうめさんと二人で白饅頭を作り、戸棚に隠した。

少々面倒な黄身酢作りも、二人でやればどんどん捗《はかど》る。おうめさんとの料理は日に日に楽しくなっている。息が合う、というのは大切なことだ。以前よりは広くなったとはいえ、紅屋の台所は百足屋のそれのように広くはない。そこに政さんと大人三人、それに背が高くなって今では大人分くらいの場所をとるとめ吉、時には他の女中たちも立ち働くわけだから、息が合っていないと体や手がぶつかったり、味噌や砂糖の壺《つぼ》の取り合いになってしまったりする。

やすは、平蔵《へいぞう》さんがいた頃のことを思い出した。平蔵さんと政さんも、いつも息が合っていた。平蔵さんは政さんに心酔していて、いつも政さんの動きを見つめていた。だから政さんが何をしようとしているか、何を手に取ろうとしているかがわかったのだ。

ふと、やすは気づいた。

おうめさんと息が合って来たのは、もしかすると、おうめさんがやすの動きをよく見るようになったからではないだろうか。おうめさんは、やすと息が合うようにと努力してくれているのだ。

おうめさんも紅屋に来て、一歩ずつ前に進んでいる。お勝手女中ではなく、料理人として。

おうめさんが一日も早く、里に預けてある娘さんを呼び寄せて一緒に暮らせるように、料理人の給金が貰《もら》えるように、自分にできることはなんでもしよう。政さんや平蔵さんが、自分にしてくれたように。

七　異国の甘さ

お小夜さまからは、数日に一度、文《ふみ》が届いた。その都度返事を出すのは無理だったので、泊まり客が少ない日などに返事を書いて出した。お小夜さまの文には、清太郎さまの様子が事細かく書かれていて、お小夜さまがどれほど清太郎さまを愛《いと》おしく思っているかが伝わって来る。時折、清兵衛《せいべえ》さまが描いた絵も入っていた。清兵衛さまの腕前はなかなかのもので、からくり人形を見て喜ぶ清太郎さまや、菓子を食べている清太郎さまなど、生き生きとした様子が描かれていた。

確かに片方の足は膝《ひざ》から下が丸まっているように描かれていたが、何かに摑《つか》まってもう片方の足でしっかりと立っている様子を見ると、清太郎さまがすくすくと育たれているのがよくわかる。このままお三人が楽しくお暮らしになれるなら、何の心配もいらないだろう。

けれど、文には時折、お小夜さまの苦しい胸のうちもしたためられていた。

清太郎さまを外に連れ出してやりたい。明るいお日さまの下で、とんぼや蝶《ちょう》と遊ばせてやりたい。日本橋のお屋敷がどれほど広かろうと、そこは清太郎さまにとって牢《ろう》屋《や》にも等しいものだから、と綴《つづ》られた箇所は、墨が何かに滲んで揺れていた。お小夜さまが、書きながらこぼされた涙を思って、やすも泣いた。

台所をほぼ任されている今は、以前のように月に一度日本橋に通うことができない。やすは南蛮菓子について書かれた本を読み漁《あさ》り、政さんに相談しつつ、何度も試しに作ってみた。清太郎さまがお好きだという丸ぼうろ、かすていらの他にも、様々な菓子がある。丸ぼうろよりも固く、蕎麦粉《そばこ》を使う蕎麦ぼうろ。卵の黄身をぐつぐつ煮立てた砂糖水に細く流す玉子素麵《そうめん》。有平糖《ありへいとう》も南蛮由来だと知った。かすていらを作ってから、それに卵の黄身をつけて煮立てた糖蜜《とうみつ》に入れる、かすどーす、という菓子もある。そうした南蛮菓子は長崎《ながさき》では町の菓子屋でも売っているらしい。

長崎。

あまりに遠くて、長崎に行くことなどは思いもよらないけれど、知れば知るほど行ってみたい、見てみたいと思う。江戸にも南蛮料理を出す店はあるけれど、本場の南蛮料理を食べてみたい。

それでもやすは、本に書いてある通りに作った菓子を日本橋に届けようとは思わなかった。そうした南蛮菓子ならば、十草屋《とくさや》ほどの財力があればいくらでも買い求めることができる。江戸には、長崎から来た菓子職人が作る南蛮菓子を売る店もある。本を読んだくらいで付け焼き刃で作ってみても、そうした本物と比べたら見劣りするだろうし、味だって比べ物にならないだろう。

やすが作った菓子が届けば、お優しいお小夜さまや清兵衛さまは喜んで食べてくださるだろうが、それがいつも食べているものよりも美味しくなければ、可愛《かわい》い息子にあえて食べさせたいとは思わないだろう。こちらがどれだけ手間をかけようが、味で劣っているものをさしあげるのはただの迷惑。

ならばどうしたらいいかしら?

やすと政さんが試しに作った南蛮菓子は、奉公人のお八つには大好評だった。

「あたしゃ、この、かすていらが大好きですよ」

おはなさんが幸せそうな顔で言う。

「こんな贅沢なもの、自分で買うなんてできやしませんけどね」

「この頃はお武家さまや羽振りのいいお店《たな》では、かすていらをお使い物にするのが流《は》行《や》っているようですね」

番頭さんも、いつもよりたくさん食べてから、茶をすすっている。

「この菓子は案外日持ちがするんでお使い物にはいいですね」

「あら、かすていらは日持ちがいいんですか？」

女中の誰《だれ》かが言う。やすは答えた。

「へえ、餅菓子のように固くならないので、いただいた方がご自分の都合で食べられる菓子だと思います」

「餅菓子だと、一晩で固くなっちゃうものね。それを炙《あぶ》って食べるのも美味しいっちゃ美味しいけど」

「だけど、かすていらって卵を使っているんでしょう？　卵を使ってるのに傷まないのかね」

「玉子焼きだって、夏場でなけりゃ二日や三日はもつじゃないの。卵を使ってたって、焼いてあれば大丈夫なのよ」

「へえ、でも切ったところが乾くとぱさぱさになるので、乾かないよう、絞った濡《ぬ》れ布巾《ぶきん》など掛けておくといいと思います。それにあまり長くおくと、この季節では黴《かび》も生えます」

「そんな心配はあたしらにはいらないよ」

おしげさんが言って笑った。

「あたしらのとこに、かすていらを一本持ってやって来る客人なんかいやしないんだから。万が一、そんな客人がいたとしたってさ、こんな美味しいものが残るはずないじゃないか。一晩どころか、一刻もしたらなくなっちまうよ」

やすは、自分が作った菓子を食べて他愛のないお喋りをみんなでする、お八つ刻が好きだった。

同じ紅屋の奉公人でも、それぞれに生まれや育ちは違い、考え方も違っている。それでも紅屋という一つの場所で精一杯働いて、美味しい菓子を食べてひと息つく時、まるでみんな家族のような温かさを感じるのだ。

お小夜さまが清太郎さまに味わわせてあげたいものは、こうしたものなのかもしれない、と、ふと思った。お小夜さまも清兵衛さまも、清太郎さまを心の底から慈しんで大切にしているけれど、今のままずっと清太郎さまを屋敷の中だけでお育てになれば、清太郎さまにとっての「世間」はご両親おふたりだけになる。生まれも育ちも違い、考え方も違う人と共に働いたり食べたり喋ったり、そうしたことができないのだ。もちろん一生屋敷の中だけで、というわけにはいかないだろう。いつかは清太郎さまも、世間に触れる時が来る。だが日本橋にいては、ごくごく限られた機会しか得られないかもしれない。薬種問屋の大店である十草屋の跡取り息子が、耳が不自由だったり心の臓が弱かったり、片方の足先がなかったりすれば、どんな嫌な噂《うわさ》をたてられないとも限らない。大きな商いをしているお店には敵も多いだろう。嫉妬《しっと》ややっかみの的にもなりやすいだろう。

いったいどうすれば清太郎さまにとって一番いい結果になるのか、やすには考えてもわからなかった。わからなかったけれど、日本橋でお暮らしになること自体にご無理があるのだ、ということだけは、ぼんやりとわかっていた。

❖

「おや、本当だ。味が違う。こっちの方が俺《おれ》にはいいな」

政さんは、やすが新しく作った丸ぼうろを齧《かじ》って言った。

「こいつは酒にも合いそうだ。この風味と塩気、それにかすかな酸味は……こいつは、味噌か！」

「へえ、生地に味噌を少しだけ溶いて入れてみました。丸ぼうろは美味しいですが、かすていらに比べるとぼそっとしていて、味も平板です。でも噛んでいると口の中の水気と合わさってちょうどよくなるんですが、大人は菓子を口に入れていつまでもくちゃくちゃしたりしないので、味そのものを少し変えてみたらどうかと」

「いいと思うぜ。うん、これは大人向きだな」

「へえ、なので清太郎坊ちゃんには不評かもしれません」

「まあ確かにな、柏餅《かしわもち》だって、味噌餡が苦手だって子はいるからな。でもいいだろう、それで。普通に作ったのとこの味噌入りと、どっちも送ってさしあげれば、坊ちゃんと一緒に清兵衛さんも楽しめる」

政さんには、清太郎さまのお身体《からだ》のことはまだ伝えていない。政さんのことだから、それを知っても、へえ、そうかい、で終わる気はするのだけれど、お小夜さまにお許しをいただくまでは、幸安先生と自分だけの秘密にしておく。

「こっちのは、なんだい。かすていらを小さく切ってあるのかい」

政さんは、かすていらを口に入れて、それから、おおっ、と声をあげた。

「羊羹《ようかん》か！」

盆に残っていたかすていらをつまみ、しげしげと眺める。

「なるほど、かすていらの間に羊羹を挟んだか！」

「かすていらは簡単なようでいて、難しい菓子です。粉と卵の混ぜ方や焼き方に、おそらくこつがあるのだと思います。長崎から来た菓子職人はそうしたこつを知っているでしょうから、もっとずっと美味しいかすていらが作れます。けれどそうしたこつは、手に入る料理書などには書いてありません」

「まあな、そういうこつで商いが成り立ってるんだから、そりゃ門外不出にするだろうな」

「味の劣るものをお小夜さまにお送りすることはできません。でも何か工夫をして、別の菓子にすれば楽しんでいただけるのではと。政さんが、薩摩菓子から白饅頭を考え出したように」

「それで羊羹か」

「羊羹はそれそのものがかなり甘いので、かすていらに挟むと甘さがかちあってくどくなります。なので羊羹に挟むかすていらは、それだけで食べるものより砂糖を減らしました。羊羹も、干した柚子皮《ゆずかわ》を粉にして練りこみ、少し軽めに作ってあります。

小さく切ったのは、幼い清太郎さまでも食べやすいようにと思って」

「うーん、これはいい。おっと、茶が欲しくなるな」

やすは笑って、煎茶《せんちゃ》をいれた。

「少し贅沢ですけど、甘い菓子にはお番茶よりお煎茶ですね」

「高輪《たかなわ》手前のだんご屋でも、茶は煎茶をおごってたなあ」

「それに十草屋さんでは、きっとお番茶など飲みません」

「番茶は番茶でいいもんだけどな。漬物なんかでひと息つくなら、番茶に限る。で、こっちの巻物みたいなのも、かすていらかい」

「へえ、こちらはかすていらを伊達巻《だてまき》など作るように薄く焼いて、粒餡を塗り、巻いてあります。こちらの方が柔らかいので、子供には良いかもしれません。粒餡ではなく、白餡に色をつけたものなど巻けば、切った時に色合いも面白いです」

「それなら、色のついた白餡のも作って送ったらいい。紅麹《べにこうじ》で赤くしたら綺麗《きれい》だろうな」

「やってみます」

「この最後のやつは?」

「それは失敗してしまいました。まだ工夫が必要です」

「見た目はかすていらだが……切り口の色が白っぽいな」

「へえ……豆腐を入れてみたんです」

「豆腐？」

「水気を絞った豆腐を生地に混ぜて焼いてみました。かすていらを作るこつがわからないのなら、かすていらとは違った味の菓子にしてみたらと。豆腐を混ぜたらもっとふんわりと軽い口当たりになるかなと思ったんですが……豆腐と粉の割合がわかりませんでした。べしゃっとして、水っぽいものになってしまって。それに甘みも、豆腐が入った分甘さが薄まったので、そのままでは美味しくありません」

政さんは穏やかに笑い、久しぶりにやすの頭に掌《てのひら》を置いて、ぽん、と叩《たた》いた。

「そんなにしょんぼりすることたねえよ。新しい料理を作る時に失敗はつきもんだろ」

「へえ、でも……粉も豆腐も無駄にしてしまって」

「これ、どうするつもりだい」

「捨ててしまうのはもったいないので、わたしが賄いでいただきます」

「でもこのままじゃ、美味《うま》くないだろう」

「へえ、味はともかく、豆腐と卵と小麦の粉ですから、玉子焼きのようなものなんで、お醤油《しょうゆ》でもかければ」

「それなら、俺にこいつをくれないか」

政さんは、豆腐を生地に入れて焼いてしくじったかすていらをまな板の上に置き、玉子焼きの一切れほどの大きさに切り分けた。小鍋になたねの油を入れて熾火《おきび》にかける。それから粉を水でさっと溶いて、そこに切り分けたかすていらをくぐらせた。

「天ぷらにするんですか！」

「まあな。天つゆを作って、大根をおろしてくれ」

やすは小鍋に醤油、みりん、出汁《だし》、砂糖を入れて熱し、大根をおろした。

「さ、食ってみな」

揚がった天ぷらの油を切ってから、天つゆに大根おろしを入れ、それにつけて食べる。

わあ！

やすは驚いた。油で揚げたかすていらの天ぷらは、ふっくらとしてとても美味しい。豆腐で甘さが弱まっているので、天つゆとの相性も悪くない。甘藷《かんしょ》の天ぷらのようだ。

「みんなの賄いにするには数が足りねえが、おまえさんととめ公の夕餉にはなるだろう」

「へえ、とても美味しいです。驚きました」

「小麦の粉に卵を溶いたものは、油で揚げるとふっくらとするんだ。もっと甘く作れば菓子にもなる。な、料理の失敗なんてのは、たいがい大丈夫なもんさ。ちょいと工夫してやれば、どんなもんでもそれなりに食べられるのさ。だから粉も卵も、びくびくしねえで使えばいい。それより、かすていらに羊羹挟んだこいつは、なかなかのもんだ。せっかくだから、お客が部屋にあがった時に出すお茶請《う》けにしてみよう。十草屋の坊ちゃんには申し訳ねえが、坊ちゃんに独《ひと》り占《じ》めさせるには惜しい菓子だからな」

政さんは、はは、と笑って、かすていらの天ぷらを指でつまんで口に放《ほう》り込んだ。

「大旦那《おおだんな》さまと番頭さんはお若い頃、日本のあちこちを旅されたんですよね」

「ああ、そう聞いている」

「政さんもご一緒されたことがあるんですか」

「上方へは大旦那に連れてってもらった。もちろん物見遊山《ものみゆさん》じゃねえ、料理の見聞を広めるためさね。上方の料理は江戸のそれといちいち違っていて、本当に面白かった」

「長崎へは行かれなかったんですか」

「長崎までは行かなかったなあ。だが大坂には長崎の料理を出す店もあって、そこでひと通り、卓袱《しっぽく》を食べたよ」

「おうめさんの旦那さんも長崎のお人で、おうめさんたちがやっていた飯屋さんでは、卓袱料理の中から、安く作れるものを出していたそうです」

「卓袱は変わった料理だったな。豚の肉を使ったり、肉や饅頭に鮮やかな色をつけたりする。長崎は砂糖の値も江戸よりだいぶ安いとかで、砂糖をたくさん使った甘い味のものが多いんだ。おやす、長崎に行ってみたいのかい」

「わたしなんぞ、長崎へ行きたいなどと大それたことは思いません。お伊勢《いせ》参りも諦《あきら》めております」

「何も諦めなくたっていいだろう。女中たちの中には、お伊勢講に入ってるもんもいるぜ」

「へえ、でもお伊勢参りをしたいとは思っていないんです。お伊勢参りをするだけのお金と暇ができたなら、上方には行ってみたいですが」

「だが長崎の料理には興味があるんだろう？」

「へえ、南蛮菓子を作っていて、こうした菓子がたくさん並んでいる様を見てみたくはなりました。それに卓袱も作ってみたいです。おうめさんの旦那さんは、卓袱の作り方を帳面に書き記していたそうなんですが、高潮に店が流された時に、その帳面も消えてしまったそうです」

「卓袱の作り方なら、ひと通り書いてある本はあるから、今度借りて来てやろう。だがかすていらでもわかったように、本に書いてある通りに作っても満足できる味にはならないもんだ。まずは本場ものを食べて、舌でそれを覚えないとなあ」

政さんは少しの間考えていたが、よし、と頷《うなず》いた。

「俺に考えがあるから、ちょっと待ってくれ。そのうち、おやすに本場の卓袱を食べさせてやれると思う」

「本当ですか。楽しみにしています」

「南蛮菓子の工夫は、まだ続けるのかい」

「へえ、蕎麦ぼうろが子供には少し固すぎる気がするので、もう少し柔らかな菓子にできないかと」

「おやすはすっかり、南蛮の菓子に心を奪われちまってるな」

「へえ、けど食べて好きなのは、南蛮菓子より餅菓子です」

やすは言って、笑った。

日本橋へは、それから何度か菓子を送った。南蛮菓子だけではなく、お小夜さまが好きな餅菓子や煎餅《せんべい》なども作った。梅仕事の季節になると、青梅を砂糖に漬けたものや梅干しなども、拙《つたな》い文と共に、用事で江戸へ出る人に託した。季節は瞬く間に変わり、気づくと水無月《みなづき》も過ぎようとしていた。

暑い季節になると、焼き菓子を作るのは少し億劫《おっくう》になる。八つ刻にも、素麵を茹《ゆ》でただけ、それに冷やした瓜《うり》で、ということが多くなる。もともと紅屋のお八つは昼餉の代わりなので、甘いものではなくても、腹の虫が鳴きやめばそれでいい。甘いものよりも、握り飯を焼いて出した方が喜ばれることもある。

生ものが傷む季節でもあるので、日本橋に送る菓子も、水気がなくなるまで固く焼き上げた甘煎餅や、表面を焼いたきんつばなどになってしまう。人に託すのではなく自分で持って行けるなら、餅菓子でもなんでも作れるのだが。

だが、今や紅屋の台所仕事はほとんどがやすの仕切りになっていた。政さんは料理本を書く作業に没頭しているようで、番頭さんが奥の小部屋を政さんの書き物部屋にしてくれてからは、ほぼ一日中、その部屋にこもりきりになってしまった。

「江戸でも名を知られた政一《まさいち》が料理本を出すと知ったら、江戸の版元が放っておきやしませんからね」

番頭さんは、政さんが本を書いているのが自分のことのように嬉《うれ》しそうだ。

「政さんは、書きあげるまでは誰にも知らせないでくれと言ってるんだが、わたしゃいつまで口を噤《つぐ》んでいられるか心配ですよ。今の今にも大声で言いふらして歩きたい」

「江戸の大きな版元さんから本が出たら、政さんの名はもっと売れますね」

「そうなるだろうねえ。だが政さんは、書いているのはただの覚書、料理本ではなく紅屋の料理人に残す料理日記だから、版元から出すつもりはないなんて、欲のないことを言う」

「でもそれが政さんの本音だと思います。政さんは、わたしやとめちゃんの為に、料理日記を書いてくれているんです。いつの日か、とめちゃんが紅屋の料理人頭になった時に、政さんの味がちゃんと伝わるように」

「それはそれとして、料理日記の中からいくつか献立を選んで料理本にしたっていいじゃないか。政さんも変なところで偏屈だからねえ」

「番頭さんは、政さんによっぽど本を出してもらいたいんですね」

「そりゃあそうですよ。人の寿命なんてものはいつ尽きるかわかりゃしない。政一の料理の味だって、ただ人の頭に残っただけではいつか消えてしまいます。本にして出せば、いつまでも消えない。確かにとめ吉が料理人頭になった時のことも大事だが、もっと広く大きく、世の中のたくさんの料理人の為にも、政一の料理は本にして残すべきなんです」

番頭さんの言うことはもっともだ、とやすも思う。本を読んだからってそれで政さんの味が再現できるわけではないけれど、多くの料理人にとって、政さんから授かる料理の知恵、工夫の数々は、大変な宝になるはずだ。だが同時に、料理日記には料理本には収めきれない、紅屋の台所の歴史も収められるのだ、と思うと、それを読むのは紅屋の台所で働く者だけでいい、という気もして来る。我ながら吝《しわ》い考えだとは思うのだが、紅屋の台所の歴史は、読み物のように誰でもが読むことのできるものであっても意味がない。

それに、と、やすは心の中で恥ずかしくなりながら思った。今以上に政さんの名が知れ渡ってしまったら、紅屋に泊まりに来る客はみな、有名な料理人・政一の料理を楽しみにするだろう。実はやすが料理したとわかれば、きっとがっかりする。それを思うと憂鬱《ゆううつ》なのだ。政さんがもっと有名になることを素直に喜べないなんて、本当に恥ずかしいことだけれど。

「しかし政さんが本にかかりきりになってしまって、おやすは大丈夫かい？　台所はうまく回ってますか？」

「へえ、それはなんとかなっています。おうめさんも頼りになりますし、とめちゃんも随分、役に立つようになりました。どうにもならない時はおしげさんに泣きつけば、女中さんたちが駆けつけてくれますし」

「それなら良かった。いや、政さんはね、おやすに任せておけば大丈夫ですと言ってくれたんだが。おやすは本当に、いい料理人になって来ましたね。料理人ってのは包丁が使えたり舌が良かったりするのも大事だけれど、台所で働く者をうまく使えるかどうかも大切です。一人で切り盛りしている小さな飯屋ならともかく、この紅屋では、みんなが力を合わせてくれないといけませんからね」

　番頭さんにはそう答えたものの、実のところは、政さんがいてくれたらなと思うことは多々あった。

　政さんは、その日の暑さ寒さや、お客がその日どのくらい歩いて来たかで料理の塩梅《あんばい》を変えていた。その違いは、舌の良い者でなければわからない程度のものなのだが、それでも確かに、味見をすると「いつもの味」とほんの少しずつ異なっていた。紅屋の「いつもの味」は、暑くも寒くもない心地よい秋の日に、五里ほど歩いた人がいちばん美味しいと思う味だ。品川は東海道《とうかいどう》の宿だが、東海道を旅する人が必ず泊まる宿場ではない。江戸を早立ちして夕刻まで歩けばもう少し西の宿場に着けるし、逆に江戸を目指して歩いて来た人たちならば、品川まで来ればもうひと頑張りで江戸に入れるわけだから、品川に泊まらずに先を急いだ方がいい。それでも品川宿がこれほど栄えているのは、遊郭《ゆうかく》や女郎遊びのできる宿があったり、食べ物や店がきらびやかに並んでいる為だ。遠くから旅して来る客よりも、江戸から遊びに来る人の方が多いのだ。

江戸から品川までは二里ほどだが、寄り道をして来る人もいるだろうし、品川に着いてから大通りを歩いて見物する人もいるだろうと、五里ほど歩いたくらいに疲れている、と考えて塩気と甘みを決める。暑ければ塩を足し、寒ければ砂糖を足す。足すといっても指先でひとつまみ、ふたつまみ。やすにはまだ、政さんの指先ほどに細かな加減をする自信がなかった。

ただ、やすには、鼻、がある。鼻だけは、政さんもやすの方がよく利《き》くと認めてくれている。

塩気や甘みは香りに出にくいが、出汁の塩梅が変わると煮込んでいる具から出る匂いは変わる。それをなんとか嗅《か》ぎ分けて、あとは舌が頼りだった。

献立の組み立てにもまだまだ、迷いがある。遊びで品川に逗留《とうりゅう》している客は二晩、三晩と続けて泊まる。昨夜の夕餉に出した料理が出せないのは当たり前として、同じ材料を使うのも気がひける。だが宿屋も商売、魚も野菜も毎日仕入れはするけれど、日持ちのする料理なら続けて出したいのが本音。中には作りたてよりも一日、二日おいてからの方が美味しいものもある。それらをどうしたら、客が飽きたりがっかりしたりしないように、続けて出すことができるだろうか。

一汁三菜、あるいは小鉢をもう一つ。真ん中に置く主菜と、副菜の彩りや味のつり合い。それに、旬。考えなくてはならないことがたくさんある。

その日は朝からよく晴れて、夏の日差しが降り注いだ。夕刻になってようやく海風が涼しく感じられたが、こんな日に歩いて来ればさぞかし汗をかいただろう。

夕餉の主菜は煮魚にした。鰈《かれい》のちょうどいい大きさのものが仕入れられたので、いつもより少し塩気を強くした煮汁でさっと煮て、夏らしく針生姜《はりしょうが》を多めに盛り付ける。小鉢は青柳《あおやぎ》のぬた、それに昨日作っておいた小鮎《こあゆ》の南蛮漬け。焼き茄子《なす》もつける。一品多くしたのは、焼き茄子にかける醤油で塩気を足すつもりだった。汁はあっさりと海苔汁《のりじる》にして、飯には刻んだ小梅漬と大葉を散らした。小梅漬も塩の足しだった。

とめちゃん、大葉を摘《つ》んで来て、と頼もうとして、とめ吉が煮魚の番をしている姿が目に入った。その日初めて、とめ吉に鍋の見張りをさせていたのだ。おうめさんは焼き茄子の皮を剝《む》いている。焼き茄子の皮は熱いうちに剝かないと綺麗に剝けない。二人とも、ちょっと大葉を摘みに行ってとは頼みにくい様子だった。

やすは勝手口から外に出た。夏の日は落ちるのが遅く、まだ空には明るさが充分残っている。

紫蘇《しそ》は料理によく使うので、裏庭の隅にたくさん育てている。漬物に使う赤紫蘇と、刻んで薬味にしたり、つみれや魚などを巻いて使う青紫蘇。今日は細く千切りにして、白飯の上にぱらりと散らすので、あまり育って硬くなった葉では舌触りが悪いし、若すぎる葉では香りが立たない。

指先で触れて硬さを確かめ、一枚ちぎって香りを確かめる。十枚ほどはいるだろう。ささっと選んで大葉を摘み、立ち上がったところで、やすは驚いて小さな悲鳴をあげてしまった。

庭とその先の草原との境目辺りに、人の姿があった。

あの人は……有村《ありむら》、と名乗った……

「驚かせてしまい、申し訳ない」

海へと夕日が落ちかかり、赤い光が有村の背後を染める。有村の顔は逆光の中、それでもはっきりとした目鼻立ちが見て取れる。

「海辺から歩いて来て、大通りに出る道と間違えてしまいました。この道は、紅屋の裏庭に通じていたんですね」

「へ、へえ。……高潮に流されてしまいましたが、以前は松林の中にうちの道具小屋がありました。浜に出る道を使うと遠回りなので、その草原を踏み分けて行くようになり、そんな道が出来てしまいました。あ、あの、どうぞそのまま庭にお入りください。その左の方に、表に通じる道がございます」

「かたじけない」

有村は律儀に頭を下げてから、裏庭に足を踏み入れた。

着物の裾《すそ》がひどく汚れている。浜辺で何をしていたのだろう。見れば髪にも乱れがある。いかにも浪士といった風情《ふぜい》だった。だが歳《とし》は、やすとそう違わなそうだ。この若さで浪人となったということは、自ら脱藩して江戸に出て来たということだろうか。

「先日は、不躾《ぶしつけ》にお尋ねして失礼しました」

「い、いえ」

「桔梗《ききょう》はどうやら、京に向かったようです。あの人はなんとも思い切りのいい女です」

「桔梗さんと、親しくされていたのですか」

「いや、馴染《なじ》みの客だったというだけです。ただ……友が桔梗に執心しておったのです。桔梗もまんざらではなかったようで、てっきり夫婦《めおと》になるのかと思っていたのですが……」

「そのお友だちの方が、桔梗さんを探しておられるのですね」

「桔梗が不意に相模屋《さがみや》から姿を消して、友が意気消沈しておったので、桔梗を説得して二人の仲を戻してやろうかと考えたのですが……友は、もう諦めたと言っております。京まで追いかけていくほどのことはなかったようです」

有村は、振り返って海を見た。

「とうとう、日が落ちましたね」

「へえ。すぐに暗くなります。提灯《ちょうちん》は持っておられますか」

「いや、大通りに出れば、遊郭の大提灯などあって明るいので、大丈夫です」

「少しお待ちください」

「いや、本当に」

やすは小走りに勝手口に戻り、台所の隅に畳んで重ねてあった提灯を広げ、竈《かまど》の火を蠟燭《ろうそく》にうつした。ふと、流しの脇《わき》に置かれた小皿の上に、お八つに作った黒饅頭があるのが目に入った。黒饅頭は、黒砂糖を使って作る饅頭だ。黒砂糖は薩摩の特産。

有村の言葉には、やはり薩摩の抑揚が残っている。

「これをお使いください。奉公人が使うものなので、もしかすると破れているかもしれません。お戻しいただかなくてけっこうでございます」

やすは提灯を有村に手渡した。

「それと、あの……奉公人のお八つに作ったもので失礼なのですが」

紙で包んだ黒饅頭二つも手渡した。有村は、紙を少し広げ、吸い込むようにして匂いを嗅いだ。

「これは、黒砂糖の香りがする」

「へえ、黒饅頭、とうちでは呼んでおります。皮にも餡にも黒砂糖を使うので、白砂糖よりもわずかにあくがあって、それがなかなか美味しいのです。お嫌いでなければお持ちください。桔梗さんからお聞きおよびかどうかわかりませんが、紅屋は料理自慢の宿でございます。菓子も手前で作っております。うちの菓子は桔梗さんも褒《ほ》めてくださっておりました」

「提灯だけでなく、饅頭まで……」

有村は、饅頭の包みを捧げるようにして頭を下げた。

「ありがたくいただきます。この御礼は、きっと」

「そんな、御礼なんてしていただくようなことではありませんから。桔梗さんはこの裏庭にふっと現れては、そこの平らな石に座って煙草《たばこ》をのんだり、こうした菓子を食べては、なんということもない話をして帰って行かれました。わたしは……そんな桔梗さんのことが、好きでした」

「あれはいい女でした。それに頭も良かった。我々の話をいつも黙って聞いておりましたが、ちゃんと呑《の》み込めているのだというのが顔でわかりました。友は桔梗が気に入って、一度は身をかためることも本気で考えていたようなのですが……井伊《いい》の暴政が始まり、我々も呑気《のんき》にしてはおられなくなって……桔梗は、風向きが変わったのを察して我々から離れたのでしょう。あれは鋭い女です。そして逞《たくま》しい。京にのぼっても、あの女ならば生き抜いていけるでしょう。今となっては、桔梗が幸せになるようにと祈るだけです」

有村は、また深々と頭を下げて大通りへと去って行った。

八　夜食の味

忙しい夏だった。東海道《とうかいどう》を行き来する旅人の数はそう増えていないはずなのに、ていた。紅屋《くれないや》は連日満員の盛況だった。紅屋は平旅籠《ひらはたご》なので、飯盛女《めしもりおんな》を置いていないし、女郎を呼ぶこともご遠慮願っている。なので客には、品川《しながわ》まで江戸から遊びに来た人よりも、旅人の方が多い。それがこの夏はどうしたわけか、遊びに来た客が多く泊まっていた。

「お女郎遊びが出来るような宿は、どこもいっぱいで泊まれないらしいよ」

いつものように、どこからともなく聞きかじった話をお八《や》つの菓子を食べながら女中たちがしている。

「そんなに繁盛してるのかい」

「そうみたいだねぇ」

「けど、物の値段はどんどん上がってるし、仕事は足りないしでさ、懐《ふところ》具合は良くないんじゃないのかい、みんな」

「そのはずなんだけどねぇ、吉原《よしわら》も盛況だって噂《うわさ》だし、岡《おか》場所も賑《にぎ》わっているらしいよ。米が買えなくても女郎を買う、てな連中が増えてるんだってさ」

「なんだい、そりゃ。飯も食わずに女郎買いかい。情けないねえ」

「それだけ、みんな不安なのさ」

おしげさんが、いつになく静かな声で言った。

「不安で不安で、女の肌にでも吸い付いてないといられないんだろうさ」

水無月《みなづき》に入って横浜《よこはま》港が開港された。異人船が入る港がどこになるかはいろいろ噂されていて、本命は神奈川《かながわ》宿、いや品川ではないかという話も耳にしたが、少し前から、どうやら横浜になりそうだと言われていた。横浜村は小さな漁村だったが、今年に入って工事人足が集められ、港を作る工事が行われていたらしい。その規模があまりに大きく、これは漁船の為《ため》の港ではないと素人にもわかるほどだったのだろう、噂は瞬く間に東海道を流れていった。それにしても急ぎの工事で、まさか水無月に入るやいなや開港となるとは、世間も驚かされた。横浜村からは東海道まで少し距離がある。行き来が便利ですでに店も宿もたくさんあって栄えている神奈川宿ではなく、わざわざ不便な横浜村が選ばれたのには何か理由があるのだろうか。瓦版《かわらばん》によれば、横浜村に住んでいた人々は元町《もとまち》に移されたらしい。港の他に、異人たちが泊まったり飯を食べたりする建物も造られているという話である。

　横浜港の開港以来、品川の人々の不安は一気に高まった。いや、不安だけではなく、期待も同時に高まってはいた。それまでは異人の姿を目にする機会は滅多になく、長《なが》崎《さき》からやって来た和蘭《オランダ》の商人たちの一行が通る際などは、みんな仕事をほったらかして見物に行ったものだったが、これからは目と鼻の先の横浜に、たくさんの異国船が停泊し、大勢の異人が江戸との間を行き来する事になる。そうして異人が大勢この国を歩きまわり、物の売り買いをしたり飯を食べたりするのである。目端が利く商人なら、そこに儲《もう》ける機会があると喜ぶだろう。だが、異人の姿をほとんど見たことがない人々にとっては、異人が自分たちの生活にどんな影響を及ぼすことになるのか、不安で仕方ないのは当たり前のことだ。それでなくても、長崎の異人から流行《はや》り出したころりのせいで苦しめられたのは、つい昨年のことである。女郎の病と言われる瘡毒《そうどく》も、元々は異人がこの国に持ち込んだものだと聞いたことがある。

何しろ身の丈は皆大きく、女でもこの国の男子より背が高いらしいし、顔は赤く、肌は透けて血脈が浮き、目は青かったり黄色かったりするらしい。髪の色も、麦わらのようだったり赤土のようだったりと、それだけ聞くとまさに、鬼、である。

しかし同時に、見た目がどれほど変わっていても、同じ、人、である、だったらそれほど恐れることはないのではないか、とも思う。なぜなら、異人も美味《おい》しいものを好むからである。長崎を通じて伝わっている南蛮《なんばん》菓子はどれも美味しいし、南蛮料理から考案された卓袱《しっぽく》という長崎の料理もとても美味しいらしい。美味しいものを美味しいと感じて好み、美味しいものを作ろうと工夫する。それは鬼の所業であるはずがない。

南蛮菓子について調べたり、作り方を工夫したりするうちに、やすの心の中では異人に対する恐怖よりも、異国の料理に対する興味の方がどんどん強くなっていた。横浜に港が出来て異人が暮らすようになったら、異国料理の店もできるのではないだろうか。食べに行ってみたい。やすの頭には、懐かしい「えげれすの七味《なないろ》」のことがあった。あんな不思議なものを、異国の料理では他にも使うのだろうか。ももんじも好まれるらしいが、どんな風に料理するのだろう。

異人に対する恐怖心よりも、異国の料理に対する興味の方が優《まさ》って、やすはあまり不安を感じていなかった。


「異人は箸《はし》を使わないんだそうですよ」

とめ吉《きち》が首を傾《かし》げながら言った。

「箸がなくって、どうやってものを食うんですかね。まさか手づかみで食うとか」

「箸の代わりに、匙《さじ》や、小さな刃物を使うと聞いたことがあるわ」

「は、刃物ですか！」

「ほら、ももんじを食べる時に、その刃物で肉を切って食べるんですって」

「なんでそんなことするんですか。まな板で切ってから皿に載せれば、わざわざ刃物で食わなくてもいいのに」

なるほど、とめ吉の言う通りだ。なぜ異人は、食べやすく切ったものを出さないのだろう。

「異国の酒は赤いって本当ですか。人の血が入ってるんだって」

信長《のぶなが》公の頃《ころ》から南蛮の赤い酒がこの国でも飲まれるようになったと聞いているが、実際に見たことはない。長崎では異国の酒を飲むこともできるらしい。

「人の血なんて入ってるわけがないでしょう」

やすは笑った。

「日の本のお酒にも赤っぽいものはあるわ。紅麹《べにこうじ》を使ったり赤米を使って作るお酒は、色がついているそうよ。ほら、お酢だって、よく使うのは赤酢でしょう」

「あれは赤ってより、なんか土のような色ですよ。南蛮の酒は血のように赤いんだって、女中さんたちが言ってました」

「血のように赤いからって、血が入っているわけじゃないわよ。おそらくお酒を作るもとのものが赤いのね」

「もとのものって、なんです？」

「葡萄《ぶどう》だと聞いたことがあるわ」

「葡萄、ですか。甲斐《かい》の。あんな水っぽいもんで酒が作れるんですね」

「不思議よね。お米を蒸して作らずに、葡萄を潰《つぶ》して作るんですって」

「酒でもそんなに違うなら、異人の食い物はどんなんでしょうね。おいらたちが食ってるもんとよほど違うんだろうなぁ」

「でも、美味しいものは美味しいはずよ。ほら、とめちゃんだってぼうろとか大好きでしょう、かすていらや金平糖《こんぺいとう》も。南蛮の人が美味しいと思うものをとめちゃんだって美味しいと思う。だったらきっと、日の本で美味しいとされているものを異人さんが食べても、美味しいと思うんじゃないかな」

「港が出来たってことは、異人の為の宿や飯屋もできるんでしょうか」

「できるでしょうね。横浜村はきっと、すごく面白いところになると思う」

やすは、どうせ港が開かれるなら品川だったらよかったのに、と少し思った。異国の料理について考えれば考えるほど、不安や怖さは消えて興味だけがつのってしまう。

「でもこれで、黒船みたいなのがいっぱいやって来て大筒を撃つなんてことはなくて済みそうですね」

おうめさんが言った。

「あたしゃ何より、それが怖いんですよ。異国と戦《いくさ》になんかなっちまったら、海に近い品川は真っ先に狙《ねら》われるじゃないですか。でも商いをする為の港が作られたんだったら、戦なんか仕掛けて来るよりも商いをして儲けた方が、異人にとってもいいですもんね」

おうめさんの言う通りだ、とやすも思った。えげれすにしてもめりけんにしても、日の本までやって来るのはあまりにも遠くて大変なのだ。戦となれば兵も鉄砲もたくさん持って来なくてはならないし、食べ物や飲み水だって強奪しなければ足りなくなる。戦などせずに商いで儲けられるならその方がずっといいはずだ。

「大丈夫、異国と戦になんてならないと思うわ」

やすは、自分に言い聞かせるように言った。

「権現様《ごんげん》が戦のない国をお作りになって、そのおかげで日の本の人たちは戦のない世を生きているんですもの、徳川《とくがわ》さまが千代田《ちよだ》のお城におられる限り、戦なんか起こりませんん。徳川さまは戦がお嫌いですから。それよりも、品川にも異人さんが大勢いらっしゃるようになるかも知れないんだから、異国のことを少し学んでおいた方がいいかも知れないわよ」

「異国のことって、えげれすの言葉とかですか」

「言葉は難しいけれど、わたしたちには料理があるじゃない。この機会に、異国の料理を学んでみようかと思って」

「けれどまだ、ご禁制のものばかりですよ」

「和蘭だって異国よ。長崎を通じて和蘭の料理はたくさん入って来ているじゃない。おうめさんの一膳飯屋《いちぜんめしや》でも、卓袱をもとにした料理を出していたんでしょ？」

「ええまあ、でもあれは、異国の料理じゃなくて長崎の料理ですよ」

「でも材料や料理法は清《しん》国や和蘭のものがもとになっている。そのあたりを学んでみれば、異国の料理がわかって来るんじゃないかと」

「おやすちゃんは、異国贔屓《びいき》なんですねぇ」

「怖がってばかりいても面白くないじゃない」

やすは笑って言った。

「この時に生まれてしまったことが不運なのか幸運なのか、いずれにしてもそれはどうしようもないことでしょう。だったらくよくよせずに、良い方へと転がることを願って生きるしかない、そう思うの」

❖

戊午《ぼご》の獄と呼ばれた、薩摩《さつま》、水戸《みと》を始めとする一橋《ひとつばし》派への厳しい処罰の嵐《あらし》は、年が変わってからも続いた。遂には京の公家《くげ》や朝廷からも罰せられる方々が出て、瓦版屋が血相を変えて読売《よみうり》を売っていたが、男衆が買って来た瓦版を読んでもやすには、何が起こっているのかよくわからなかった。そうこうするうちに横浜の港が出来て、品川は不安と期待で妙な活気を呈している。だがご大老井伊《いい》さまによる一橋派への処罰は今後も続くのではないか、一橋慶喜《よしのぶ》さまも処罰されるのではないか、との噂は流れていた。そうなればいよいよ水戸藩は黙っていまい、水戸藩が千代田に攻め込むのでは、と、物騒な話をする人もいた。

落ち着かない夏だった。

ただそんな中、会津《あいづ》に旅立って行った勘平、伊藤武次郎《いとうたけじろう》から文《ふみ》が届いて、やすは飛び上がるほど嬉しかった。文は大旦那《おおだんな》さま、若旦那さま、番頭さん、そして政《まさ》さん宛《あて》にそれぞれ書かれていて、やすの宛名も一封あった。短い文で、元気にやっている、毎日剣術の稽古《けいこ》に明け暮れていて、ようやく少し形にはなって来たけれど、自分には剣術よりも算盤《そろばん》の方が向いている、などと書かれていた。会津では、武士は家の台所に入るなと言われているそうだが、台所を見ると無性に懐かしくなってつい足を踏み入れてしまい、お女中から叱《しか》られた、とも書いてあった。また、昨冬は雪の会津を初めて知り、雪の多さに難儀をしたけれど、雪の会津はこの世と思えぬほどに美しい、とあり、大雪の町を知らないやすは少し羨《うらや》ましかった。

いつの日か会津藩の江戸屋敷に詰めることがあれば、必ず品川に参ります、とも綴《つづ》られていたけれど、おそらくその日は来ないのではないか、とやすは思った。伊藤家は会津藩の中でさほど高い地位にある家ではないらしく、武次郎さまのご養父も文書係という地味なお役目らしい。その養子が江戸詰に抜擢《ばってき》されることがあるとは思えない。

それでも、いつかまた武次郎さまに会えるかも知れないと考えると、やすは元気が出て来た。

その日、夕餉《ゆうげ》を宿で食べずに遊郭に遊びに行った客が大引け前に戻って来た。紅屋のような平旅籠は相部屋が普通で、宿によっては男も女も夫婦連れも相部屋にしてしまうところも多い。だが紅屋では、夫婦連れはできるだけ相部屋にならないように割り振り、男客と女客とは部屋を分ける。部屋に余裕がある時は、数人連れの客には別部屋を用意している。そしてこれはおしげさんの配慮なのだが、東海道を旅している旅客と、遊郭に遊びに来た客とはできるだけ部屋を分けている。旅客は朝が早立ちのこともあり、夜は早寝をする。遊び目的で来る客はほとんどが江戸から来ていて、夕餉は遊郭で料理をつまむので宿では食べず、遊郭の大引け後に宿に戻って来るので、同じ部屋に割り振ると旅客の早寝を邪魔してしまう。紅屋は料理自慢の宿なので、夕餉はいらない、と言われると一同、寂しくは思うものの、料理屋ではないのでそれで泊めないということはないし、朝餉だけでも満足してもらえるように精魂込めている。

だがその客はどうやら、小腹を空《す》かせているらしい。

「梅の間のお客さんがね、腹が減ったが何かないかって」

おはなさんが言って、おひねりを見せた。

「これ貰《もら》っちゃったから、何か出してやって。漬物と湯漬けでいいわよ、どうせお酒が入ってるから、味なんかわかりゃしないし」

「だいぶ酔われてるようでした？」

「そうねぇ、顔は赤いけど、でも足取りもしっかりしてるしろれつは回ってる。腹が減ったって言うくらいだから、酔ってはいても酔い潰れてやしないでしょ」

「わかりました。何か作ります」

「適当でいいわよ、ちゃちゃっとで。おひねり、半分こするわね」

「それはおはなさんが受け取ってください。お勝手ではお客からおひねりをいただくのは禁止なんです」

「あら、どうして」

「へえ、政さんが決めていることなんです」

「政さんもけっこう厳しいのねえ。おしげさんも、お客におひねりをねだったりしたら承知しないよ、って言うんだけど、くれるってものを断るのもね。じゃあ、お願いね。今、お客さんお湯に入ってるから、浴衣《ゆかた》の支度してあげなくちゃ。おやすちゃん、梅の間まで持って来てくれる？」

「あたしが持って行きますよ」

前掛けを脱いで二階へ上がろうとしていたおうめさんが言った。

「いいのよ、おうめさん。もうあがってください」

すでに皿や器も洗い終わり、竈《かまど》の火も落としてしまった。とめ吉も湯に入っている。さて。

竈が使えないので煮炊きはできない。鉄瓶に湯は残っているが、湯漬けにできるほど熱くはない。

今夜は海風が弱く、蒸し暑いので、水漬けでもいいかもしれない。お櫃《ひつ》に白飯は少し残っている。明日の朝はまた米を炊くので、残り飯は傷まないように、平たく笊《ざる》にのして干し飯にしようかと思っていた。干した飯を炒《い》れば焙《ほう》じ茶が作れるのだ。だが、紅屋では夕餉にもわざわざ米を炊くので、お櫃に残っていた飯はまだ柔らかかった。

片付けたばかりの鰹節削《かつおぶしけず》りを取り出して、ささっと鰹節を削る。削りたてを小皿にとって醤油《しょうゆ》を少し垂らし、それをお櫃の飯にざっと混ぜこんだ。

鉄瓶《てつびん》に残っていた湯を湯呑《ゆの》み茶碗《ぢゃわん》に入れ、昆布《こんぶ》を包丁の刃でしごいて粉にしてふり入れた。

やすはもう一度手を洗い、その掌《てのひら》に多めの塩をとった。酒が残って鈍くなった味覚には、少々強めの塩がいい。鰹節の混ざった飯を掌で転がすようにして握る。

小さめの梅干しを種ごと、湯呑みの昆布茶に落とす。焙じ茶や番茶をいれるほど熱くない湯でも、昆布の粉をといた昆布茶ならば飲める。

冷えた握り飯も案外美味しいもの。昆布茶に入れた梅干しで酔いが少しはさめるだろう。

白瓜《しろうり》の漬物を切って添えた。最後にとっておき、お八つの残りの羊羹《ようかん》を細く切って、松葉の形に整えた。

盆に載せて梅の間に向かう。

「失礼いたします」

廊下から声をかけて襖《ふすま》を開けると、大部屋に客はたった一人。荷物は数個、衝立《ついたて》の向こうにそれぞれ見えているので、この部屋の他の客たちはまだ夜遊びから戻らないらしい。そろそろ大引けの太鼓が鳴って、おいおい戻って来るだろう。

湯上がりの浴衣であぐらをかき、きせるで煙草《たばこ》をのんでいた客は、やすが盆を持っているのを見て手招きした。

「ありがたい、食べるものがあったかい」

「へえ、もう竈の火を落としてしまいましたんで、煮炊きはできませんでしたが」

「いやなに、残りもんの冷や飯に梅干しくらいで充分さね。おや、握り飯にしてくれたのかい」

「冷えたご飯は湯漬けにしないと美味しくありませんが、湯も冷めかけていましたので。ぬるい湯ではお茶もいれられずすみません。あいにく麦湯も終わってしまって」

「その湯呑みは？」

「へえ、昆布茶でございます。昆布の粉でしたら、冷めかけた湯でも味が出ます」

男は握り飯にかぶりついた。

「いや、うまいうまい。削り節がへえってる！」

昆布茶もすすり、ああこれはいい、と笑顔になる。

「昆布茶の中に梅干しが。この酸っぱいところが、酒の入った体に染みる」

「たくさんお酒を召し上がったんですか」

「わざわざ遊びに来たんだからね、そりゃ飲みましたよ。しかしまあ、もともとそんなに酒が好きというわけでもないんで、そこそこだよ。噂に聞いていた品川の揚羽屋《あげはや》、どの花魁《おいらん》もみんな見事で、芸者も逸品揃《ぞろ》いだった。あんなに綺麗《きれい》な女をたくさん見たのは、生まれて初めてだ」

「豪勢でございましたね」

「ああ、豪勢だった。自分の銭じゃあんな遊びはできやしない」

「何かお祝いごとでしたか」

「まあそんなもんだ。仕事仲間に祝い事があってね、呼ばれたんだが。女も綺麗、酒もうまい、だがねえ」

男はちょっと首を振る仕草をした。

「……正直、料理にはがっかりした」

「揚羽屋さんのお料理に、ですか？　あそこは品川でも一流の店から仕出しをとっているはずで、吉原の台の物にも負けない料理が出ると評判でございますよ」

「うんまあ、美味《うま》いのまずいの、という前に、見た目は華やかで豪勢で、ああいうところの料理はそれでいいんだろうね。どのみち仕出しだ、揚げ物も冷めちまってるし、刺身は包丁をひいてから刻《とき》がたって切り口が乾いてるが、それも仕方ない。そもそも遊郭で腹一杯飯を食うなんてのは野暮天だ、わたしも蕎麦《そば》を一杯たぐってから出かけたから、料理が今一つでも無理に食おうとは思わなかった。遊郭遊びってのはそういうもんで、それでいいわけだ。だがねえ……乾いた切り口の刺身を眺めていたら、なんだか白けてしまった。こんなに見事な鯛《たい》なのに、わざわざまずくされちまって気の毒になぁ、ってね。はは、どうもわたしは、遊郭遊びに向いていない性質《たち》だったらしい。その上、お女郎遊びもあまり性に合っていないようで、自分の娘くらいの女郎をあてがわれてもね……おっと、こんな話、若いお女中にすることじゃないな」

男は照れたように笑った。

「まあそんなわけで、早々に失礼しちまった。それでも品川遊郭で遊んだって話のたねにはなりそうだから、地元に戻ったらせいぜい、みんなに自慢しますよ。それにしても美味いなあ、冷えた握り飯に昆布茶。それとこの白瓜の漬物も絶品だ。いやいや、ここは料理自慢の旅籠だと知っていたら、夕餉をいただいてから遊びに出かけたものを、残念なことをしました。お、この松葉は羊羹かい」

「へえ、紅屋は菓子も手前で作ります」

「ほんのちょっぴり、松葉の分だけってのがまた、いいね」

「夜遅くに甘いものをたくさん召し上がると、胃の腑《ふ》がもたれることがございますから」

「この分だと、朝餉も期待していいのだろうね」

「へえ、朝餉も自慢でございます」

「ならばもう一つ握り飯を作っておくれ、と頼むのはよしにして、ここまでにしておこう」

「それがよろしいかと思います」

やすは盆を持ち、お休みなさいませ、と梅の間をあとにした。

「おやすちゃん、おやすちゃん」

翌朝、朝餉を出し終えて賄《まかな》いの準備にかかっていると、おはなさんが台所に来て呼んだ。

「ゆうべ、握り飯を出したお客さん、いるだろ」

「へえ」

「あんたと話がしたいんだってさ」

「わたしとですか？」

「ゆうべの握り飯を作った女中を呼んでくれって言われたんで、それはうちの料理人です、と答えたらさ、あの若い娘さんが料理人なのかいって驚いて。ぜひ呼んでほしいって言われちゃったのよ」

「はあ、でも」

夕餉の後で、料理人に会いたい、と、政さんがお客に呼ばれることはたまにある。紅屋の政一《まさいち》の名は江戸の食通にも知られているし、評判を知ってわざわざ紅屋に泊まる客もいる。が、握り飯を作っただけで呼ばれるというのは腑に落ちないし、それでうかうかと客部屋に向かうのは粗忽《そこつ》な気がした。

「行って来な」

包丁を研ぎながら、政さんが言った。鰹節の握り飯の話は、朝一番に報告してあった。

「握り飯でも料理は料理だ。その料理を作って出した責任が料理人にはある。お客様が話したいとおっしゃるなら、顔を出して来るのが礼儀だろう」

そう言われて、やすはおはなさんについて梅の間に向かった。

昨夜と一変して、梅の間はお客で埋まっていた。だがおしげさんの配慮か、お客とお客の間はゆったりと衝立が置かれているので、くだんのお客の前に座ると他の客は見えなくなった。

「忙しい時に、悪かったね」

「いいえ。あの、何か……」

「まずはあらためて、ゆうべのお礼を言わせてください。竈の火を落としちまってからわがままを言ったのに、さっと美味いものを作って出してくれた。おかげで小腹も満たされたが、何より、性質に合わない遊郭遊びでなんだか鬱々《うつうつ》としそうだったのが、気持ちよく眠れました。部屋も綺麗で掃除は行き届いているし、布団も日に干したいい匂《にお》いがする。畳もよく拭《ふ》かれているし、何より飯が美味い。紅屋、いやいや、いい宿です。すっかり気に入りました」

「あ、ありがとうございます」

やすは手をついて頭を下げた。

「あなたはここの料理人だと聞きましたが、本当ですか」

「へ、へい」

「では朝餉もあなたが？」

「台所には他に料理人やお勝手女中、小僧などがおりまして、皆で作っております」

「味噌《みそ》汁《しる》の味を決めたのは？」

「わたしでございます」

「いい塩梅《あんばい》だった。大豆の味噌と麦の味噌、混ぜてますね」

やすは驚いた。この人も料理人なのだろうか。

「へ、へえ」

「具のあさりも上手に砂出しされていた。青菜の茹《ゆ》で具合も、しゃっきりと気持ちがいい。めざしも鰯《いわし》の選び方がいい。あまり大きい鰯では骨が硬くてめざしには向かないが、あまり小さいものも旨味《うまみ》がなくて塩辛いばかりになってしまう。頃合いの鰯を丁寧に藁《わら》で結んで、それをぎりぎり、旨味が増すところまで干した。あれもここの自家製ですよね？　買ったものではああはいかない。売り物にするめざしは傷まないよう、塩を強くしてよく干さないといけないからねぇ」

何もかも、すっかり見抜かれている。このお客は、相当に舌が鋭い。

「何より驚いたのは、飯です。ゆうべも握り飯が美味いのに驚いたが、朝餉で炊きたてを食べてその理由がわかった。米粒が揃っている。欠け米、割れ米が一粒も見当たらない。小石も混ざっていないし、色の変わった米も見当たらない」

「うちの小僧が、丹念に選《よ》り分けております」

「台所にも小僧さんがいるんですね」

「へえ。いずれは料理人になりたいと、励んでおります」

「その小僧さん、いいところで修業できて運がいい。あなたもここで、見習いから始めたのですか」

「へえ」

「先ほどこの部屋の客人から聞いたんだが、ここの料理人頭は、江戸で知られた料理人なんだそうですね。確か、政一さん」

「へえ、政一でございます」

「なのに味噌汁の味はあなたが決めた」

「任されております」

お客は、しばらく黙っていた。やすはお客の視線が怖いような気がして、下を向いた。

ふう、と、お客が息を吐いた。

「なるほど。いや、品川に来るのは久しぶりだが、ためになりました。地元に帰ったら、わたしも自分の仕事について、もう一度しっかり考え直してみようと思います。忙しいところを悪かったね。あ、良かったら名前を聞かせてもらえませんか」

「へえ、やす、と申します」

「おやすさんだね。わたしは見ての通りの町人ですが、一応、名字をゆるされており、嶋村《しまむら》と申します。また品川に来る折には、必ずここに泊まって今度こそ、あなたが作る夕餉をいただきます。その時はよろしくお願いしますよ」

やすは深く頭を下げて梅の間を下がった。

「すごいじゃないかい。あのお客さん、皆さんで南蛮菓子でも買ってください、ってさ、なんと小判一枚、番頭さんに押し付けたんだよ！」

賄いの朝餉を食べながら、おはなさんが大声で言った。

「小判一枚とはまた、随分と豪気だねえ。よほどのお大尽なんだろうか」

おしげさんが首を傾げる。

「見たとこは、まあ普通の町人だったけどねぇ」

「でも名字を持ってたんだろう？」

「へえ、嶋村さま、とおっしゃいました」

「嶋村、ねぇ。まあ珍しい名字ってわけでもないか。でも町人で名字を持ってるとなると、そこそこの大店《おおだな》か、千代田に出入りをゆるされている商人か」

「田舎の名士ってこともありますよ」

おうめさんが言った。

「田舎で代々、地侍やってる家なんかも名字ありますから」

「地侍には見えなかったよ。あの感じはやっぱり町人、それも職人の雰囲気だった」

「なんにしたって、品川で遊び慣れている御仁ではないだろうよ。大引け前に宿に戻って来て夜食を頼んで寝ちまうなんてさ。大方、女郎に雑に扱われて機嫌を損ねたんだろうけど。どうせ小判をはずむなら、旅籠じゃなくて遊郭ではずめば、丁重にもてなしてもらえたのにね」

みんなは笑ったが、やすは、あの人はそういう人ではない、と思っていた。

九　月待ち弁当

「嶋村さん、と名乗ったのかい」

賄いの片付けをしているやすに、政さんが訊《き》いた。

「嶋村、なにさんだって?」

「すんません、下の名前はおっしゃいませんでした。政さん、お知り合いですか」

「いや……直接の知り合いってわけじゃないんだが、嶋村という人に心当たりがあってね。江戸、日本橋《にほんばし》の人なんだが」

「それではお人違いだと思いますよ。嶋村さまは、地元に戻ったら品川の遊郭で遊んだことを話のたねになさるとおっしゃってましたから。日本橋にお住まいの方がそんな言い方はなさらないでしょう」

「そうか、だったら人違いだな。けどそのお人は、なかなか味のわかる人だったんだろう?」

「へえ、うちが味噌汁に、大豆と麦の味噌を混ぜて使っていることを見抜かれました。こちらの味噌に八丁《はっちょう》を混ぜたり、上方の白味噌を混ぜたりするのでしたら、まあ少し味のわかる方でしたら気づかれると思いますが、大豆の味噌と麦の味噌を区別できるのは相当な舌と鼻だと思います。めざしの鰯の選び方がいいともお褒めいただきました。売っているものではなく、ここで作ったものだろうと。売り物のめざしは塩が強く、もっとしっかり干されているけれど、今朝のめざしはぎりぎりを見極めて干してあると」

「なるほど、それは確かに、なかなかの舌だ。料理の素人とは思えない」

「宿帳を見れば、どこからいらした方かはわかると思いますが」

「いや、まあいい。なんにしても、味のわかる人に気に入ってもらえて良かった」

「へえ。またいらしていただくのが楽しみです」

「それはそうと、おまえさん、今年の二十六夜待ちはどうする？」

「二十六夜待ちですか。一度も行ったことありません。今年も寝ていると思います」

二十六夜待ちは年に二回、睦月《むつき》と文月《ふみづき》の二十六日に、月の出を待つ行事である。月、と言っても二十六夜の月は細い逆三日月、それも空に昇るのは夜半過ぎから明け方にかけてなので、月待ちをする人々は夜通し集って飲み食いし、まるで祭りのような騒ぎだという。睦月の二十六夜待ちはさすがに寒いので人もさほど多くはないが、文月は夏の夜、海風が心地良く夜通し遊ぶにはいい季節だ。江戸高輪《たかなわ》から品川にかけて、月の見える浜には集まる人々をあてこんだ屋台が並び、集まった人たちはそうした屋台で買い食いし、酒を飲み、歌を歌ったり即興芝居に興じたりしながら月を待つと聞いている。

が、やすは一度も二十六夜待ちに行ったことがなかった。見習いの頃はもちろん夜の外出など許されなかったし、女中になってからも明け方まで月の出を待っていたのでは翌日の仕事が辛《つら》いので気が進まない。そもそも、あまり人の集まるところに行くのは好きではない。番頭さんは奉公人に二十六夜待ちに出かけることを禁じてはいなかったが、翌日の仕事にさしつかえるのでできれば控えるように、と言い渡していた。だが二十六夜待ちが目当ての客もいないわけではない。品川に二十六夜待ちで集まる人々はほとんど、月を拝んだらそのまま江戸へと戻る日帰りだが、中には宿代を払って楽をしようという客もいて、そうした客たちは夕餉のあと早々と床に入って仮寝して、大引けの太鼓が聞こえる頃に起き出して出かけていく。明け方に戻って来てまた寝てしまうので、朝餉は食べずに昼近くになってようやく出立する。

そうまでしてなぜ、そんな頼りない三日月を拝むのか、その理由は番頭さんが教えてくれた。二十六夜の三日月が出る時、阿弥陀仏《あみだぶつ》、観音菩薩《かんのんぼさつ》、勢至《せいし》菩薩の三仏が空に現れると言い伝えられていて、そのお姿を拝むと大変なご利益があると言われているのだ。

そう聞くと一度くらいはお参りしてみたいとも思うのだが、ほとんど眠らずに翌日の仕事をすることを思うと、そうまでしなくてもいいか、と諦《あきら》めがついた。

「実はな、大旦那と大奥様が、今年は二十六夜待ちに出かけたいとおっしゃってるんだ。おまえさんも知ってるように、お二人は隠居屋敷が完成したら隠居され、ここを離れる。屋敷は御殿山《ごてんやま》の麓《ふもと》なのですぐ近くだが、それでも品川の喧騒《けんそう》からは離れることになる。お二人のお歳《とし》を考えても、酔客が集まる二十六夜待ちに遊びに出るのは、これで最後になるかもしれない。大奥様のお体がこのところ調子が良いようで、何とか外に出られそうだというので、若旦那がお供することになっているんだが、大奥様が、ぜひおやすも一緒に、と望まれているんだそうだ」

「わたしも、ですか」

「うん。大奥様はおやすがお気に入りだからな。おしげさんにも一緒に行ってもらおうと思う。何かあってもおしげさんがついていれば安心だ。翌日の仕事のことは心配しなくていい。翌日は八つ時頃に持ち場についてくれたらいい。朝餉もお八つも、俺《おれ》とおうめとでやれるから、帰って来たら昼まで寝たらいい」

「いいえそんな、どのみち下が気になって寝ていられやしませんから。一晩くらいでしたら、寝ずにいてもなんとかなります」

「まあそう言わず、少しでも寝たらいいさ。無理なことを頼んじまって悪いな」

「大奥さまがわたしなぞをお呼びなのでしたら、いつでもどこへでも参ります。では二十六日、お二人がお出かけになる時に表にまわってお待ちしていればよろしいですね？　あの、二十六夜待ちにはどんな着物を着て行けばいいんでしょうか。正月のような晴れ着がよろしいのでしょうか」

「はは、夏の夜だからね、浴衣で充分だ。とにかく賑やかで人も多いから、財布などは持って行かない方がいいかもしれない。若旦那の他に男衆も一人ついて行くから、危ないことはないと思うが。明け方まで起きていれば腹が減るだろうから、みんなの分の弁当を作って持って行くといい。大旦那は屋台で買い食いされたいようだが、まあ屋台の食い物は天ぷらに寿司《すし》に蕎麦、あとは団子だの西瓜《すいか》だの、そんなもんだ。買い食いの合間にちょっと気の利いたものをつまめるようにしてやってくれ」

「へえ」

「月見の場所取りは夕方から男衆が行ってくれる段取りだ。むしろを敷いて、酒なんかも先に持って行かせるから」

まるでお花見だ、とやすは思った。さてお月見のお弁当、どんなものがいいだろう。

大旦那さまと大奥さまが、いよいよ紅屋を離れる日が近い。やすは大旦那さまに拾われて紅屋に来ることになった。あの時、大旦那さまが引き取ってくださらなかったら、やすは口入れ屋に戻されてどこか別のところに売られて行っただろう。その先がどこであれ、紅屋よりも幸せになれたはずはない。大旦那さまはやすにとって、一生の恩人だった。その恩人との別れを思うと、鼻の奥がつんと痛くなる。

隠居屋敷の料理人や女中は、新しく雇うのだろうか。もし行けと言われれば喜んで行くのに。身の回りのお世話から料理、掃除も薪《まき》割りも、なんだってしてさしあげるのに。だが今のやすは紅屋の料理人。大旦那さまが、そんなやすを連れて行くような真似《まね》をなさるはずがなかった。

二十六日が近づいて来た。大旦那さまと大奥さまが二十六夜待ちにお出かけになるという噂はいつの間にか奉公人たちの間でも広まっていた。番頭さんは渋々、翌日の仕事中に決して居眠りをしないこと、と条件をつけた上で、奉公人たちが出かけるのを大目に見ようと言った。だがもちろん、とめ吉は許されなかった。すっかりしょげてしまったとめ吉に、政さんが優しく言った。

「そんなにがっかりするな、とめ。その晩は俺もここに泊まるから、二人で夜食に何か、いいもの作って食おう」

「本当ですか？　おいらの為に政さんが、何か作ってくれるんですか！」

「おまえも手伝うんだぞ」

「へえ、おいら、手伝います！」

「それと、おまえはまだ子供なんだから夜更かしはいかん。夜食を食べたらおとなしく寝ると約束するんだ」

「へえ、します！」

「良かったねぇ、とめちゃん。政さんの料理なんて、ここに客として泊まらないと食べられないわよ」

「へえ、でもおいら、屋台で買い食いもしてみたかったなぁ」

「屋台のものなんか、たいして美味しくないわよ。天ぷらの油は使い回しで汚れてるから胃にもたれるし、蕎麦は伸びちまってる。団子も早くに作っておくからかちかちだよ」

おうめさんが言ったが、とめ吉は羨ましそうな顔のままだった。

「大人になったら夜更かしもできるし、屋台で買い食いもできるんですね。おいら、早く大人になりたいな」

「何をもったいないこと言ってるんだろうね、とめちゃんは。あたしらの歳になったらさ、このまま刻が止まってくれたらいいのにって思うんだよ。若いってことはそれだけでいいことなんだから」

「若いのと子供とは違いますよ。おいら、若い男衆に早くなりたいです。子供は嫌だ」

「そんなに慌てなくたって、あっという間にあんたもいっぱしの若衆だよ。それでいい気になってて、気づいたらもう年寄りさ。人の一生なんざ、ほんとに短いもんなんだよ。だからね、子供でいることをもっと楽しまないと損するよ」

「子供でいて楽しいことなんて、ないです。給金はもらえないし、夜更かしはできない。買い食いもだめ、酒も飲んだら背が縮むって番頭さんに言われました。はしかにはかかるし、力も足りないし、算盤はなかなか上手《うま》くならないし、読み書きは」

「あんたそれは、子供だからじゃなくって、あんたが稽古嫌いだからだろう」

「大人になったら算盤の練習も書き取りも、しなくてすむでしょう」

「しなくてすむんじゃなくて、身についたからよしとするってことなんだよ。今ちゃんとやらないで身につかなかったら、大人になってから苦労するんだからね。あんた、いずれはここの料理人になりたいんだろう？　算盤ができなけりゃ損を出さずに魚や野菜を仕入れられないし、読み書きができなけりゃ、料理本が読めないじゃないか。おやすちゃんを見てごらん、毎日料理の本をたくさん読んで、献立を考えてるだろう？」

「おやすちゃんも子供の頃に、番頭さんに教わったんですか」

「そうよ、とめちゃん。わたしも番頭さんに読み書きを習ったり、算盤のはじき方を教わったのよ」

「なんだか信じられないな。おやすちゃんやおうめさんにも、子供の頃があったなんて」

やすとおうめさんは、顔を見合わせて笑った。

「ばかなこと言ってるよ、この子は。子供の頃がなかった人なんか、この世にいるもんかい。どんな人でも人である限り、生まれた時は赤子でね、子供になって、それから大人になるんだよ」

「そうして一度大人になったら、二度と子供には戻れないのよ。とめちゃんもいつかわかると思うわ。大人はみんな、何度となく、ああ子供に戻りたいなあ、と思うものなの。そのくらい、子供でいることは楽しいことなのよ」

とめ吉は首を傾げ、納得できないという顔をしていた。

そんなとめ吉もいつか大人になる。そしてきっと、子供だった頃のことを懐かしく思うのだ。

とめ吉が子供でなくなる日は、もうすぐそこに近づいていた。年が明けたらとめ吉は十三。武士の子であれば元服してもおかしくない。紅屋では十五になると小僧から男衆の仲間入りをする。とめ吉のことを子供だと思っていられるのも、あと二年。

月見の弁当と言っても、満月を愛《め》でる月見ではない。昇って来るのは細い三日月だ。満月を愛でる宴《うたげ》であれば、丸いものを中心に考えればいいが、三日月ではどうにも、食べ物と結びつかない。

それでもいくつか、頭の中で三日月の形に料理することのできるものが思い浮かんだ。

屋台の食べ物があまり美味しくないのは本当だろうが、大旦那さまは品川での思い出に屋台で買い食いをなさりたいのだろう。だとしたら、屋台で色々食べることも考えて、あまり量を多くしない方がいい。なんと言っても外で食べるわけだから、ちょっとつまめるものがいいだろう。

屋台と言えば、まずは天ぷら。油をたくさん使う天ぷらは、許可がないと台所で作ることができないので、屋台で食べるのが当たり前だ。串《くし》に刺した海老《えび》や野菜などを衣にくぐらせて揚げるのだが、普通は一夜の間に油を替えたりはしない。二十六夜待ちではお客がいつもの何倍にもなるだろうから、油は早く汚れてしまう。汚れた油で揚げた天ぷらは胃にもたれる。大旦那さまも大奥さまも、お歳のせいで胃の腑はかなり弱っていると聞いている。できれば屋台の天ぷらなど食べていただきたくないのだが、買い食いというのは味よりも、買ってその場で食べるという所作が楽しいので、一、二本は仕方がないだろう。そうなると、弁当に入れるものにはできるだけ油を使わない方がいい。

次に屋台と言えば、寿司だ。品川は魚どころ、江戸前の魚を赤酢を混ぜた飯の上にのせた寿司は、名物と言ってもいい。だが屋台の寿司はとにかく飯が多い。一つ二つでそこそこ腹が持つように作らないとお客が承知しないから、子供の拳《こぶし》ほども大きな酢飯で握ってある。のせている魚は醤油に漬けたり煮きったりして味をつけてある。まぐろの赤身、小肌《こはだ》、蛸《たこ》、烏賊《いか》、煮海老、鮑《あわび》……どれを選んだにしても、一つでけっこうお腹《なか》が満ちてしまう。だが大引けの後で出かけたにしても、月が昇って来るまで二刻以上ある。それだけの間、ちびりちびりと酒を飲んで楽しんでいればまた腹が空いて来る。そこで、もう屋台はよろしいでしょう、こちらをどうぞ、と出すとしたら。

やすの頭の中に、次第に献立が見えて来た。

❖

七月二十五日は大変な天気になった。

朝から強い風が吹き、颶風《ぐふう》かと思うほどの荒天で、外に出ると歩いていられないほどの風と横殴りの雨で、品川まで辿り着けなかった旅人も多かったのか、紅屋ですら部屋は半分ほどしか埋まらなかった。翌日の天気が心配で、やすは気をもんだ。

翌二十六日。

一番鶏《いちばんどり》が鳴く前から、気が急《せ》いて起きてしまったやすが勝手口の戸を開けると、明るい夏の日差しが裏庭に溢《あふ》れていた。前夜の嵐《あらし》はどこかに去り、好天になっていた。やすはほっとして、その日の仕事を始めた。二十六夜待ちの弁当を作らなくてはならないので、夕餉《ゆうげ》のしたくも前倒しになる。それでも、大旦那さまと大奥さまの為に美味《お》しいものを、と働くことは、やすにとって喜びだった。

だが、八つ刻を過ぎた頃から雲行きが怪しくなり、やがて小雨が降り始めた。

「あらまあ、これじゃ、月は出ないかもしれないね」

おしげさんが心配そうな顔になった。

「大旦那さまは子供のように楽しみにしているって番頭さんが言ってたんだよ。なんとか雨があがってくれないかねぇ」

「雨でもおいでになるおつもりでしょうか」

「からだを冷やすといけないから、雨がやむまでは品川浜の馴染《なじ》みの座敷にあがっていただくことになるだろうね。月が出るのは明け方だから、その頃までにはあがるかもしれないし」

「それでは、雨でもお弁当は用意しますね」

「そうだね、座敷を借りたとしても、真夜中に料理の仕出しを頼むのは無理だろうからね、お願いしていいかい」

「へえ、もちろん」

夕餉の支度をしながら月待ち弁当を作り始め、片付けが終わるまでにはすっかり支度が整った。

大引けの太鼓の音が鳴る前に表にまわって、大旦那さまたちを待った。幸い、雨はあがっていた。

大旦那さま、大奥さまは、おろしたてらしいぱりっとした浴衣姿だった。やすも浴衣を着た。

「雨があがって、いい塩梅の涼しさだね」

大旦那さまは嬉しそうだった。

「おしげ、おやす、それにあんたは吉左《きちざ》だったね、今夜は厄介なことを頼んで申し訳ない。年寄りの道楽につきあっておくれ」

吉左は若い男衆で、風呂《ふろ》焚《た》きの仕事をしている。上背もある大きな男だった。酔客が多い場では何が起こるかわからないので、こうした若い衆がいてくれるのは心強い。

　やすとおしげさんとで弁当を持ち、そのほかの荷物は吉左が担いだ。若旦那さまも粋《いき》な柄の浴衣で、男前がいつもより数段あがって見える。

　通りに出てみると、夏の夜だというのに着飾った女や、糊《のり》のきいた浴衣を粋に着こなした男たちが大勢、団扇《うちわ》を手に浜の方へと向かっている。前日の嵐で瓦が落ちた家もあるようだったし、風に吹き飛ばされた水桶《おけ》などが道端に転がっていたけれど、文月の二十六夜待ちとなれば、そのくらいのことで諦めたりはしないのだろう。

　だが浜に近づくと、これは案外大変なことだったんだな、とわかった。浜には舟がみなひき上げられていて、折れた木の枝や壊れた板などが積み重ねられている。今夜は浜に人が集まるからと、朝から大慌てで浜を掃除したのだろう。それでも掃除しきれなかった様々ながらくたが、あちらこちらで小さな山を作っていた。

「昨日の嵐で、紅屋は大丈夫だったのかい」

　大旦那さまが訊いた。

「瓦一つ落ちませんでした」

　おしげさんが言った。

「新しい建物は丈夫でございますね」

「それなら良かった。だが奥の中庭の松が、少し折れたよ」

「あらまあ。お声がけくだされば掃除に参りましたのに」

「いいんだ、どうせそろそろ植木屋を呼ぼうと思っていたところだったからね。おや、もうあんなに屋台が出ているよ」

品川は浜が少ない。その少ない浜が、早くも人でいっぱいだった。屋台の数もやすが思っていたよりずっと多い。天ぷら、寿司、蕎麦、うなぎといったお馴染みの屋台の他にも、田楽《でんがく》や団子、西瓜にまくわ、餅《もち》菓子や、冷や水、甘酒。四文屋《しもんや》、の幟《のぼり》も見える。昔は芋などを串に刺して鍋《なべ》で煮て、どれを食べても一本四文で売っていたから四文屋。だがこの頃では、団子や酒なども一緒に売って、ひとところで済むと客を誘っているらしい。食べ物だけではなく、小間物やら子供の玩具《おもちゃ》やらを売る店も出ている。

早めに場所取りをしていた男衆を見つけると、そこは浜の端の岩場だった。弁当が砂まみれにならずに済みそうだ。むしろが敷かれ、座布団が何枚も置かれている。膝《ひざ》がお悪い大旦那さまの為には、床几《しょうぎ》も用意されていた。そこからならば、海の上に昇った月を、遮るものなく眺めることができる。

「では、わたしは屋台をひやかして来ようかね。吉左とおしげ、一緒に歩いてくれるかい」

「わたしもお供いたします」

若旦那さまが言った。

「母上様はどうされますか」

「夕餉をしっかりいただいたのでお腹は空いておりません。ここでおやすと、海でも眺めておりましょう」

「そうですか。おやす、母上様を頼みましたよ」

「へえ」


「まったくあの人と来たら、いい歳をして屋台で買い食いしたいなどと」

大奥さまはおかしくてたまらないというように、朗らかに笑った。

「人は歳をとると子供のようになると言うのは、本当ですねぇ」

「楽しまれておられるのでしたら、よろしいのではないでしょうか。屋台の食べ物も、食べ過ぎなければお体に障ったりはしませんでしょう」

「おしげがついているから、ちゃんと見張ってくれるでしょうね。まあそれでなくても、この頃はあの人も随分と食が細くはなりました。若い頃は食べ道楽そのもので、親から継いだのは料理屋ではなく旅籠だというのに、とにかくいい料理人を見つけたいと、上方まで出かけて行ったのですよ。旅籠だって料理自慢なら評判が取れると言い張って。けれど、江戸で贔屓にしていた政一が不幸なことになってしまい、身を持ち崩していると耳にして、うちの料理人には政一しかいない、と飛んで行きました。政一も良く立ち直ってくれましたよ。品川に連れて来た当初は、もう舌も鼻もだめになっているのではと思ったほど、お酒に溺《おぼ》れていましたからねえ」

「政さんも、大旦那さまには返しきれない恩があると言ってます。わたしも同じです。大旦那さまに拾っていただかなければ、どこぞの岡場所で女郎になっていたかもしれません」

「大旦那は、おやすを見つけたことを日に一度は自慢していますよ。本当に運が良かったと。すずめ屋の旦那にも自慢するので、すずめ屋の旦那が怒り出したほどですよ」

「すずめ屋の旦那さまには申し訳ないことをいたしました」

「おやすが謝る必要はありませんよ、間違えたのは口入れ屋なんですから。けれど本当に、運が良かった。政一がこれほどいれこんで育てたなんてねえ。政一は江戸で料理人をしていた頃も、弟子というものを持たなかったんです。ここに来てからも、自分の料理は一代限りですと言ってました。それがおやすが来て、すっかり変わりました。政一は、自分のすべてをあなたに譲りたい、託したいと考えているようです」

「そんな……そんなもったいないことを」

「それだけあなたには、料理の才があるということです。持って生まれたその才を大切に、生きていかねばなりませんよ。その才があなたを助け、あなたが進む道を示してくれるものですからね。この先、いろいろと気持ちが揺れることはあるでしょうが、自分の料理の才を信じることができれば、おのずと道はひらけます」

大奥さまは、膝を崩して横座りされていた。以前はとても姿勢のいい方だったが、長く病を患ったせいで、お体はかなり辛そうだ。前にお会いした時は床についていらして、もう起き上がれないのではないかと心配だった。幸い、この頃はかなり良くなられたようで、こうして外に出ることもできている。

「雲がいくらかあるようね」

大奥さまは夜空を見上げていた。

「月はちゃんと出てくれるかしらねぇ」

「きっと大丈夫だと思います」

「阿弥陀様、観音様、勢至様、お出ましいただけるといいのだけれど。お願いしたいことがあるのですよ」

それは何でしょう、と訊きたいのを、やすはこらえた。願いごとは他人に話すものではない、と番頭さんに教えていただいた。

そのまましばらく、やすと大奥さまとは、暗い海や星の瞬く空を眺め、他愛のない話をして過ごした。夏の潮風が頬《ほお》に心地いい。

半刻ほどもしてから大旦那さまたちが戻って来た。

「もっといろいろ食べたかったのに、おしげに叱られてしまったよ」

大旦那さまは上機嫌だった。

「茄子《なす》の田楽と海老の天ぷら、それに小肌の寿司を一貫。茄子は悪くなかったが、天ぷらの海老はなんだあれは。揚げ過ぎて硬くなってしまって、油も悪い匂いがした。寿司は赤酢がきつ過ぎて飯がべしゃべしゃだった」

「だから言ったじゃないですか、屋台の食べ物なんて美味しくはありませんよ、って」

「いやいや、味はともかく、歩きながらものを食うのはなんとも言えず、妙な楽しさがあるもんだねえ。若い時分は随分と屋台で食べたもんだが」

「大旦那の舌は肥え過ぎてしまったんですよ。無理してまずいものを食べなくても、ここにおやすがいるじゃありませんか」

「おしげにもそう言われたんだ。おやすが弁当を作ってくれたんだから、お酒はそれで召し上がってくださいとね。さあ、おやす、では食べさせてもらおうか、おまえが作った弁当を」

「へえ」

やすは重箱を開けた。

「三日月づくしでございます。どれも一口で召しあがれるように作りましたので、お酒のあてにゆるりとお楽しみくださいませ。また月が昇る頃になりましたら、別のものをお出しいたします」

「あらまあ。本当に三日月ばかり！」

「天ぷらの海老が美味しくなかったようですので、こちらの海老をお口直しにいかがでしょう」

やすは小皿に、小振りの海老を茹でたものをとった。塩で茹でてから尾だけ残して殻を剝《む》く。わざと切れ目を入れずに茹でたので、海老は丸まって三日月になっている。その海老に、からすみを粉にしたものをまぶしてある。

夏大根、芹人参《せりにんじん》は少々濃いめに出汁《だし》で煮て、三日月の形に切り抜いた。玉子焼きは酒のさかなになるよう甘さを抑え、緩めに焼いて巻き簾《す》で三日月のように形を整えてから切り分けた。鶉《うずら》を叩《たた》いて味噌で味をつけ、片栗粉《かたくりこ》を混ぜて平らに伸ばしてしっかりと焼く。表面に醤油と味醂《みりん》のたれを塗り、それを包丁の先で三日月の形に切り抜いた。野菜、玉子焼き、鶉、すべて切り抜いた残りは細かく刻み、飯にのせて賄いにした。

腹に重たくなくて油を使わず、一口で食べられて酒のつまみになる。

「その下の重には何が入っているんだい」

「こちらはもう少し経《た》ちましてから、月が昇る頃に開けさせていただきます」

「旦那様、いい加減になさいましよ。食べ過ぎですよ」

大奥さまに言われて大旦那さまは頭をかいた。

そうこうしているうちに、紅屋の奉公人たちが岩場の一行を見つけて挨拶《あいさつ》にやって来る。大旦那さまはご機嫌で挨拶を受け、一人ずつにおひねりを手渡した。

やがて大旦那さまが、若い頃にした旅の話を始めた。番頭さんと二人で日本中を歩きまわり、その土地その土地の名物を食べた話だった。やすはその話にすっかり魅入《みい》られた。

四万十《しまんと》川《がわ》の鮎《あゆ》。玄界灘《げんかいなだ》のふく。播州《ばんしゅう》の山奥では熊《くま》も食べたと言う。おしげさんの故郷、保高村《ほたか》にも行ったことがあるらしい。

保高の山々は恐ろしげに尖《とが》っていて雪深く、ずらりと連なっていて、富士の山よりもずっと険しい。だが春先にその山々に雪が融け始める頃は、あの世かと思うほどに美しい。大旦那さまがそう言うと、おしげさんは涙を拭《ぬぐ》った。

そうこうしているうちに、また雨が降り出した。そのうちやむだろうと、傘をさして待ってみたが、雨足は次第に強くなった。これでは大奥さまのお体に障る。やすとおしげさん、吉左が手分けして荷物をまとめ、あらかじめ借りてあった、浜に近い料亭の座敷へと一同で向かった。

「やれやれ、これでは月は無理かねえ」

大旦那さまが恨めしげに、障子を開けて二階から浜を眺めている。

浜にいた人々も、さすがに雨がきつくなって閉口したのか、てんでに通りに戻って行く。だがそれでも、傘を手に浜に居続ける人々もいた。

「せっかくの稼ぎ時なのに、屋台の連中も災難ですね」

若旦那さまが同情したように言う。

「文月の二十六夜待ち一夜で、晴れていれば年の稼ぎの三割はいくでしょうからねえ」

「恨めしい雨だねえ。だが紅屋にはおやすがいてくれる。さておやす、ここでぼーっとしていても仕方ない、そろそろ下の重を開けてくれないかね」

「あなた、まだ先ほどいただいたものがお腹に残っておりますよ」

「いやぁ、わたしはまだ食べられますよ。おやすの作った弁当なら、いくらでも入ります。さあ、開けておくれ」

大旦那さまが言ったので、やすは重箱の上の重を取った。

「あらまあ、三日月の、お寿司！」

「これは綺麗だ」

薄く焼いた玉子焼きで丸く握った寿司飯を包み、その上に酢で締めた鯵《あじ》と鯛を載せる。下の黄色い玉子焼きが三日月の形に見えるように、魚を細く切って隙間《すきま》を空けて置いた。屋台の寿司は赤酢を使うので、三日月寿司には上等な流山《ながれやま》の白酢を使った。こぶりで飯を少なく、魚の味を楽しめるように作ってある。

「どれ、いただきますよ」

大旦那さまが箸をつける。大奥さまも一つ、二つと口に運んでくださった。

「ああ、美味い。やっぱり紅屋の料理は美味いねぇ」

大旦那さまが、しみじみと言った。

「同じ寿司なのにこうも違うものか。米の炊き方も、酢も違う。魚の扱いも違う」

「当たり前ではないですか。おやすはうちの宝です」

「そうだねぇ、本当に。政一もおやすも、わたしの宝だ」

「もったいないお言葉でございます」

やすは両手をついて、心から頭を下げた。


その後、雨はやむ気配がなく、仕方なくお酒を頼んで、三日月寿司をあてに座敷で宴となった。

大旦那さまが旅の話の続きをしてくださったので、やすは丑三《うしみ》つを過ぎても眠くならずに夢中で聴いていた。

大旦那さまと番頭さんが保高の険しい山に登ったくだりでは、おしげさんも身を乗り出して聴き、時折、自分が子供の頃のことも話してくれた。おしげさんは奉公に出てから、藪《やぶ》入りでも故郷に帰ったことが二、三度しかないらしい。保高までは遠いので旅銀もかかるし、夜通し歩いて故郷に着いても、ゆっくりできずにまた戻ることになる。確かに、それではおいそれと里帰りもできない。

「わたしが元気なうちにもう一度、信州《しんしゅう》を旅してみたいと思っていたんだがねえ。その時はぜひ、おしげも連れて、と考えていた。だがもう、わたしも隠居だ。長旅は無理かねぇ」

「そんなことおっしゃらずに、お出かけなさいな」

大奥さまが言った。

「わたくしのことなんざ、気にしなくてようございますよ。大旦那はまだ足腰、丈夫じゃありませんか。隠居の身になれば暇だけはいくらでもあるんですから、信州でもどこでも、どんどんお行きなさいな」

「本当かい？　おまえ、隠居屋敷に一人で留守居では、寂しくないかい」

「ご心配には及びませんよ。その時は政一に頼んで、美味しいものをたんと作ってもらいます。それで紅屋の女中たちをみんな呼んで、女ばかりで宴でも開きましょう」

「大奥さま、それでしたらわたしも料理を作らせていただきます」

やすが言うと、大奥さまは嬉《うれ》しそうに笑って言った。

「あらあら、いいのよ、たまにはおやすも食べるだけ、になさい。政一の作ったものをお客のように食べるだけ、それがこの上なく贅沢《ぜいたく》なんじゃありませんか。ねえ」

そうして楽しい時が過ぎた。が、雨はいくらか小やみになりつつも、まだ降りつづている。やがて一同、はしゃいだ疲れも出て、うとうとと座ったままで舟を漕《こ》ぎ始めた。やすも海を眺めながら、うつらうつらしていた。

ふと気づくと、浜がざわめいていた。

「大旦那さま、大奥さま！　今、雨が上がっております！」

やすが叫ぶと、居眠りをしていた一同が目を覚ました。

「そろそろ、月の出の刻ですね」

若旦那さまが言った。

「これは、なんとか見えるかもしれません。浜に出てみましょうか」

どこかで雨宿りをしていた人々が、ぞろぞろと浜に戻って行く。その流れに乗って一同も浜へと向かった。岩場は濡れていて足元も悪そうだったので、できるだけ人の少ないところ、と思って探していると、漁師の風体の男が大旦那さまに声をかけた。

「紅屋さん！　紅屋さんもいらっしゃってたんですね！　あれ、奥様も、あれれ若旦那もですか！　みなさんお揃いで。どうぞこちらに、浜に上げてあるあっしの舟にお座りください。むしろをかけておいたので、雨にもさほど濡《ぬ》れてませんから」

小平太《こへいた》、という漁師で、大旦那さまの釣りの師匠だと言う。小平太が案内してくれたのは小さな釣り船だったが、なるほど、むしろを剥《は》がすと舟底に水も溜《た》まっていない。

「そろそろ月が出そうなんで、雨もやんだし拝んで来るか、と家を出て来たところです。ここならあまり人も来ないし、ほら、空もよく見えますよ」

一同は、舟の中に座り、空を眺めた。

流れる雲は時折切れて、明け方が近い藍《あい》色の空が見え隠れする。

浜に上げられた他の舟にも、人の姿がある。舟の近くに立っている人もいる。皆、一心に空を見上げていた。

どこからともなく歓声があがった。雲の切れ間に、ぼんやりとした光が見えている。

「阿弥陀様ですよ！」

大奥さまが叫んで、手を合わせた。

浜から歓声が聞こえ、やがて南無阿弥陀仏《なむあみだぶつ》の声が流れ出した。浜にいるたくさんの人々が、皆手を合わせている。やすも手を合わせた。観音さまと勢至さまもご一緒におられるのだろうか。きっと、おられるに違いない。

やすは願った。紅屋の人々が幸せでありますように。自分がいつまでも健やかに、紅屋で働くことができますように。お小夜《さよ》さまとご家族が幸せでありますように。会津の武次郎さまも、団子屋になった菊野《きくの》さんも、後家になられたおあつさまも、京にいる桔梗《ききょう》さんも、みんな、みんな、幸せでありますように。どこかできっと生きている弟も、幸せでありますように。


「月が出ました！」

誰《だれ》かが叫んだ。

黒から藍色に変わり始めた空に、頼りなく小さな三日月が、不意に現れた。こんなに大勢の人々が待ち続けたにしては、随分と控えめな月だった。

それでもその月は、いつか満月になる月だった。

十　吹き寄せの味

二十六夜待ちが終わると、夏も次第に終わる。

空が日に日に高くなり、風には冷たさが混じって来る。

旅に出るにはいい季節なので、東海道《とうかいどう》を通る人の数も増える。涼しくなって来れば食欲も増し、料理自慢の紅屋《くれないや》に、夕餉《ゆうげ》を楽しみに泊まってくださる人も増えた。

いつもの年なら、暑さに負けてぐったりとしていた体に力が戻って来るようで、心も浮き立つ季節なので、やすは秋が大好きだった。野菜も旨味《うまみ》を増して味が濃くなり、新米も出回り、そしてこの季節でなければ食べられないものも手に入るようになる。銀杏《ぎんなん》、栗《くり》、掘り立ての芋。松茸《まつたけ》。どれも料理のしがいがあって、どう料理しようかと考えるだけで楽しい。魚も秋になると北からの潮に乗って戻って来るものが増え、そうした魚はあぶらがしっかりと乗っている。昔はあぶらの強いものは嫌われたらしいが、ももんじを食べるのが珍しいことでもなくなった昨今の江戸や品川《しながわ》では、あぶらの乗った魚を好む人も増えている。ねぎま鍋《なべ》にする以外は畑の肥料にしていた鮪《まぐろ》のとろなども、さっと炙《あぶ》って刺身で出すところがあると聞く。

黒船が来て以来いろいろなものが変化したが、味の好みも少しずつ変わって来ているのかもしれない。

だが今年の秋は、落ち着かない日々となった。

八月終わりの瓦版《かわらばん》に、一橋慶喜《ひとつばしよしのぶ》さまの隠居謹慎が命じられたと報じられた。先の大獄で水戸《みと》や薩摩《さつま》の方々を始め多くの攘夷《じょうい》派の人々が過酷な罰を受け、ご大老さまはやり過ぎではないのか、と人々は不安になっていたのだが、一橋慶喜さまが重い処罰をお受けになったことで、その不安は一層高まってしまった。慶喜さまは水戸の出ではあるものの、一橋家にご養子に入り当主となられた方である。お子さまがいらっしゃらない慶喜さまが隠居させられたということは、一橋家はどうなるのだろう。大獄で処罰された方々には様々な罪状がついていたが、慶喜さまがご自身で何かされたというご とが本当にあったのだろうか。単に、紀州《きしゅう》さまと将軍職を争われていたというだけでこの仕打ちは、いくらなんでも乱暴ではないのか。瓦版を手に、奉公人たちも不安げな顔で噂《うわさ》をし合っている。

やすも不安だった。番頭さんから、日本橋《にほんばし》の十草屋《とくさや》は一橋家お出入りのお店だったはずだ、と聞いたのだ。それでなくても薩摩藩と縁があるという話は聞いていたので、薩摩藩が何かの企《たくら》みに荷担していたと断罪された後のことが心配だったのだが、その上、一橋家とも関《かか》わりがあったなんて。十草屋は、いや、清兵衛《せいべえ》さまとお小夜《さよ》さまは大丈夫なのだろうか。

「せっかくの秋だってのに、なんて浮かない顔をしてやがんだい」

政《まさ》さんが、風呂敷《ふろしき》の包みをやすの前でほどいた。中から小ぶりの栗が転がり出た。

「あら、もう栗ですか」

「山の栗は里の栗より早いからな。しかしちっちぇえな。こいつは皮剝《かわむ》きに手間がかかりそうだ」

「刃物を使いますけど、とめちゃんにやらせても大丈夫でしょうか」

「あいつはあれで案外器用だし、小さい頃《ころ》から野良《のら》仕事で鋤《すき》だの鍬《くわ》だの、危ない道具は使い慣れてる。小刀もひと通りは教えてあるんだろう？」

「へえ、芋の皮を剝くくらいはできるようになりました」

「だったら栗もやらせてみな。急がなくていいから、ゆっくり剝けばいいってな」

「渋皮はどうします？」

「そうだな、何を作るかによるが……今夜も満室だ、飯に炊き込むにはちょいと数が足りねえな。夕餉の献立はなんだい」

「今朝は江戸前ハゼのいいものが入りました。ハゼは釣りをする人ならお馴染《なじ》みですが、普通は振り売りが売りあるく魚ではないので、案外、旅の方々の中には、天ぷら以外でハゼを食べたことがない方も多いようです」

「大きさは？　刺身か洗いにできそうかい」

「へえ、充分だと思います。昼間、少し暑さが残っていましたし、洗いにしてみようかと」

「それはいいな。秋の江戸前ハゼは大きくて美味《うま》い。ただ少しばかりあぶらが強いが、洗いなら、口にもさっぱり食べられる」

「ただ、主役が涼しげなものですから、日が落ちてからの肌寒さの中でいただくとなると、副菜はもっと秋らしく、温かみを感じるものがいいんじゃないかと。それで甘藷《かんしょ》を炊こうかと。秋の掘り立ての薩摩芋は、たくわえてあった芋と違って甘みが強くねっとりとしています。少々田舎料理になりますが、醤油《しょうゆ》と味醂《みりん》で炊いただけの、素朴な味にしようかと」

「芋が出るとなると、栗の出番はないかな」

「せっかくの栗です。一日経《た》つと風味も甘みも落ちてしまいます。今夜料理したいです」

「何か考えがあるかい」

やすは少し考えてから、うなずいた。

「へえ。やってみます」

やすは野菜籠《かご》を覗《のぞ》きこみ、にっこりした。なんとかなりそうだ。

とめ吉に栗剝きを教えるのは少し緊張した。小刀は手が滑るととても危険だ。最悪、指を切り落としてしまうこともある。

　栗はまず水に漬ける。栗の実には小さな穴が開いていることがあり、中にいた虫がそこから出てしまった証《あかし》だ。賄《まかな》いには使えるが、お客には出せない。穴が見当たらないものだけ水に漬けるが、するとしばらくして虫が出て来ることがある。こうして虫が食っていない栗だけ選《よ》り分ける。

　渋皮をつけたままで料理する時は、生のままで鬼皮を剝く。渋皮を剝くつもりなら、一度栗を熱い湯で煮る。煮過ぎて栗の実が煮えてしまうと料理がしにくいので、ほんのちょっと、ぐらぐらと沸いた湯に栗を入れて、ひいふう、と心の中で数を数え、百を三回ほどで鍋を火からおろす。

　慣れないとめ吉が火傷《やけど》をしないように、菜箸《さいばし》で鍋から一個栗をつまみ出す。熱いうちに剝かないと鬼皮も渋皮も剝きにくくなるので、とめ吉の掌《てのひら》で栗を転がし、熱さに慣れさせた。

「ちょっと熱いけど、我慢できる?」

「へえ、平気です。おいら、野良仕事で手の皮が厚くなってます」

　健気《けなげ》なやせ我慢でもなさそうで、とめ吉は器用に栗を両手の間でお手玉のようにはじいている。確かにそうしてやると、少し冷めて作業がしやすくなる。

やすは小刀を栗の鬼皮にくいっとねじ込み、そのまま鬼皮をめくり上げてみせた。

「こうやって、皮を引っ張るようにするとめくれるから。親指で小刀の背を押さえるとすべらないわよ。鬼皮が剝けたら栗は湯に戻して。冷えてしまうと渋皮が剝けなくなるから、鬼皮を全部剝き終えるまで湯に浸《つ》けておくの。渋皮は柔らかいから包丁でもいいわ。やりやすい方で」

鬼皮も包丁で剝けるのだが、とめ吉はまだ包丁の使い方があやしいので、小刀の方がいいだろうと思った。

少しの間とめ吉を見守って、三、四個の鬼皮を剝き終えてからその場を離れた。最後まで見ていてやりたかったが、やることがたくさんある。

おうめさんに芋の醬油煮を任せ、ハゼの下ごしらえを手早く済ませてから、野菜の飾り切りを始める。赤は芹人参《せりにんじん》、黄は薩摩芋。それぞれ、もみじと銀杏《いちょう》の葉の形にあつらえる。

鶉《うずら》を叩《たた》いて小さな団子を作り、醬油と味醂、砂糖で煮る。素麵《そうめん》をさっと揚げて短く折る。飾り切りした野菜も素揚げしあぶらを切る。里芋は茹《ゆ》でて、衣被《きぬかつ》ぎのように半分皮を剝いてから、きのこに見えるように削《そ》いで形を整え、半分に切った。

ハゼを刺身にひいてから冷たい水にさっとくぐらせ、笊《ざる》で水気を切る。添えるのは酢味噌《すみそ》。

「剝けました」

とめ吉が少し得意げな顔で、渋皮まで綺麗《きれい》に剝いた山栗を見せに来た。やすは思いきり褒めてやった。

「おやまあ、とめちゃん、あんた意外に器用なんだね」

おうめさんも驚いた顔をしている。

「おいら、不器用だとおとうにいつも怒られてましたけど、刃物はなんでか得意なんです。鉈《なた》で怪我《けが》したこともありません」

「あんた、料理人の修業ができて良かったよ。刃物が得意でもお侍じゃなけりゃ、料理人になるよりないからねえ」

「とめちゃん、この鶉団子に、そっちの短い素麵を綺麗に刺してくれる？」

「へえ、あっ、栗のイガですね⁉」

「その通りよ。だから栗に見えるように、上手に刺してちょうだい」

ハゼの洗いを皿に盛り付けてから、栗は味をつけた衣で天ぷらにした。

平たい皿の上に、鶉団子の栗と塩を振った里芋を並べ、人参のもみじと芋の銀杏を飾る。手前に山栗の天ぷらを二個並べた。

「あら綺麗。吹き寄せですね？」

「おうめさん、吹き寄せってなんですか」

「秋の八寸よ。ほら、風に落ち葉が吹き寄せられてるように見えない？　こうやってね、もみじや落ち葉に見立てた野菜や煮物、揚げ物なんかをちょっとずつ並べて、秋を感じてもらう料理よ」

一汁三菜が基本の旅籠《はたご》の夕餉に、気取った吹き寄せを出すことはあまりない。お酒を飲みたいとおっしゃるお客の為《ため》に、八寸のように皿盛りしていろいろなものを少しずつ出すことはあるが、吹き寄せは手がかかるので、旅籠の夕餉には少々そぐわない。けれど、せっかくの山栗をどのお客にも食べてもらいたかったので、こんな献立を考えてみた。小さな栗がたった二個ずつ、それでも、これなら秋を楽しんでもらえるだろう。

「この里芋、松茸の形だ。おいらの里でも松茸は採れるんで、秋になるとあにさんたちと山に入って背負いかごいっぱいに採るんです」

「椎茸《しいたけ》の方が上等だけど、あたしは好きだわ、松茸。今年はまだ入って来ませんね」

「そうね、でもそろそろ、松茸も売りに来るでしょう。今年はどうやって出そうかしらね。去年は鍋に入れたり、さっと焼いたりして出したけど」

実りの秋には、松茸の他にも様々なきのこを売りに来る。振り売りの籠には松茸ばかり入っていることもあるが、様々なきのこが雑多に入れられていることも多い。さすがに椎茸だけは高価なのでそうした売り方はしないが、山で採れる食べられるきのこなら、たいていのものは振り売りで売り買いされる。

中でもやすが好きなのは、舞茸《まいたけ》と香茸《こうたけ》だった。だがどちらもあまり採れないものらしく、滅多に見ない。江戸周辺の山では舞茸は採れないのだと聞いたことがある。香茸も、二、三度しか料理したことがない。

舞茸も香茸も、香りが素晴らしい。松茸にも独特の香りがあって、その香りを活《い》かす料理にすればとても美味《おい》しいが、献立は限られる。舞茸は強い香りながら松茸よりも他の素材との馴染みが良く、大抵の献立に使うことができる。香茸は松茸とはまた違った独特の香りがあるのだが、炊き込み飯などに使うと陶然となるような馥郁《ふくいく》たる香りに圧倒され、食欲がいくらでも湧《わ》いて来る。

やすは、これからきのこの季節になると思うと嬉《うれ》しかった。

「吹き寄せって、去年は作りませんでしたね」

とめ吉は、飾り切りした野菜を面白そうに見ている。とめ吉は物を作ることがなんでも好きらしく、男衆の大工仕事なども飽きずに眺めている。

「本来は料理屋の献立なのよ。紅屋は旅籠だからね、見た目はそりゃ大事だけど、手間ばかりかかってお腹《なか》にあまりたまらない、見た目ばかりの料理はほとんど出さないの」

おうめさんの言葉に、とめ吉は首を傾《かし》げた。

「なら、この吹き寄せ、美味しくないんですか」

「もちろん美味しいわよ」

やすは笑って、数が余った鶉団子を一つ、とめ吉の口に入れてやった。

「わあ、美味しいや！　この素麺のとげが、香ばしくって肉と合いますね！」

「おやまあ、とめちゃんもいっぱしに味がわかるようになって来たじゃないの。おやすちゃんが作るんだから、ただ見た目だけのはずないでしょ」

「これならお客さんも喜びますね。秋の間は、毎日吹き寄せを作りましょうよ」

「簡単に言うけど、野菜の飾り切りは大変なのよ。おやすちゃんだから、ちゃちゃっと作っちゃうけど、あたしがやったら時間かかって他の料理ができやしない。それに毎日同じ吹き寄せを出すわけにもいかないでしょ、二泊、三泊するお客もいるんだし。落ち葉ときのこと栗、秋を表すものなんかそのくらいだもの、それを違う材料でどう作るか、考えるだけでも頭が痛くなりそう。料理屋はたいていのお客が続けて何日も通うことはないから、毎日同じものを出したっていいけど、旅籠はそうはいかない。それともとめちゃん、あんたが吹き寄せを考える？」

「お、おいらには無理です」

「でも、飾り切りだったらとめちゃんにもできるかもしれない」

やすは言った。毎日吹き寄せを作るのは、おうめさんが言う通り無理なことだが、献立の中に秋をあらわす飾り切りした何かを使うだけなら、毎日出せないことはない。とめ吉に包丁で飾り切りをさせるのはまだ無理だが、栗の皮を剝いた器用さなら、小刀を使えばできるのでは……

「とめちゃん、野菜の飾り切り、やってみたい？」

「へえ、政さんを手伝って、少しやらしてもらったことあります。けどおいら、まだ包丁が」

「小刀でできるわ。毎日吹き寄せを作るのは無理だけど、もみじの形に切った芹人参や、銀杏の形の薩摩芋を、立冬までの間、料理のどれかに使うことならできそうよ。とめちゃんがやってみたいなら、できるだけ簡単に作れるように考えましょう」

「おいら、やりたいです！」

とめ吉は嬉しそうだった。

翌日から、やすはとめ吉に飾り切りを教えた。以前に手伝いをさせたことはあったが、一人で型取りからさせるのは初めてだ。まず、紙にもみじと銀杏の葉を描《か》かせ、それを切り抜いて、蒸した竹の皮の裏に飯粒を指で練ったもので貼《は》り付け、乾かした。それから絵に沿って竹皮を切り抜き、人参や芋を、切り抜いた型よりも大きな輪切りにする。厚みは小刀で細工できる一寸程度に。それを型に沿って小刀で切り出す。切り屑《くず》の野菜は賄いに使う。型を外し、今度は包丁でそれを料理の飾りに使えるくらいに薄く切る。ただまっすぐに菜切りを下ろすだけなので、そのくらいのことならとめ吉にも包丁を任せられた。

「包丁で作る時は型など使わないのよ。もっと厚く、三寸くらいに切り出してから薄く切るの。でもそれは、もうちょっと包丁に慣れてから練習しましょう。ついでだから、切ったもみじを出汁《だし》で煮るところまでやりますよ」

合わせ出汁に醬油と味醂で味をつけた中に、切った芹人参のもみじを入れる。

「薄いのですぐ煮えるから、そろそろかなと思ったら一枚食べてみて。煮すぎてしまうと料理に飾る時に崩れるから、生だと感じないくらいでいいと思う。あくまで飾りなので、味が染みている必要もないけれど、生の青臭さが残っていては料理が台無しになるから、気をつけてね」

とめ吉は真剣な顔で鍋を睨《にら》んだ。

揚げあぶらはとめ吉にはまだ危ないので、芋の銀杏はおうめさんが揚げた。

初日は教えていたので手間がかかったが、二日目、三日目ととめ吉は手慣れて行き、秋が深まる頃にはもう、やすが何も手伝わなくてもちゃんと人参のもみじが出来ていた。それどころか、やがてとめ吉は型も使わなくなり、人参の厚みも一寸から二寸へと増えていた。

「この人参はとめが作ったのかい」

政さんは、やすが烏賊《いか》の煮物に添えた人参のもみじを見て訊《き》いた。

「へえ、もうすっかり任せています。味もとめちゃんがつけました」

「どれ」

政さんが一枚、もみじを口に入れた。

「硬さがいい具合だな」

「へえ、扱いやすい硬さで、それでいて歯ではすっと噛《か》み切れます。とめちゃんの勘はなかなかのものですよ」

「あの子は案外、掘り出し物なのかも知れねえな。いい料理人になるってだけじゃない、もしかすると化けるかも」

「とめちゃんは、なんでもゆっくりと噛みしめるように覚えるんです。できないのに、できますできます、と手を出したりせず、わたしがやって見せるのをじっと見ていて、それからゆっくりと始めます。丁寧で慎重で、焦りません。その上、ちゃんとわたしがやった通りに再現するんです。そして一度覚えたことは忘れません」

「年が明けたらとめは十三か。本格的に包丁を教えてもいいかもな」

「政さん、できれば男衆の仕事の手伝いからは、とめちゃんをそろそろ放免してもらえませんか。あの子は体が大きいので、男衆もつい便利につかってしまうようですが、将来料理人にするのであれば、もっと料理を学ぶ時間を増やしてあげて欲しいんです。薪《まき》を割ったり風呂を洗ったりするのが大事な仕事なのはわかっています。けど、料理について本気で学ぼうと思ったら、時間はいくらあっても足りません」

政さんは腕組みして言った。

「わかった。番頭さんと話してみよう。それはそうと、おやす、予定よりおくれていたが、御殿山《ごてんやま》の隠居屋敷がぼちぼちできるそうだ。師走《しわす》になると慌ただしいから、その前に大旦那《おおだんな》と大奥様は引っ越しなさる」

「そんなに早くですか！」

「うん、身代《しんだい》は年が明けてから、春頃に正式に若旦那に譲ることになるらしいが、まあ実質、もう大旦那は紅屋のことにはほとんど関わっていらっしゃらないからな、先に引越しを済ませて隠居生活に入られるおつもりだろう。おやすは聞いていると思うが、身代がわりの宴席が、おまえさんの料理人としてのお披露目《ひろめ》になるはずだ。そうだな、多分、桜の頃になると思うが、今から心算《こころづも》りはしていてくれ」

「へ、へい」

「それと、大旦那が隠居屋敷に移られたら、お二人の食事はしばらく俺《おれ》が作るつもりだ。その内に、料理も身の回りのこともできる人を見つけることになるが。隠居生活に女中と料理人を両方おくなんて贅沢《ぜいたく》だから、女中だけでいいとおっしゃるんだが、そこそこの料理が出来て気配りも出来る女中はなかなか見つからないからなあ」

これまでも奥の食事は、奥を受け持つ女中が用意していたが、お膳《ぜん》は台所で用意して、それを運んでもらうだけだった。大旦那さまは舌が鋭くていらっしゃるので、味見も兼ねて、お客に出すのと同じものを召し上がっていただいていたのだ。もともと、紅屋を料理自慢の旅籠に育てたのは大旦那さまだった。

「あれだけ舌の肥えたお人が、隠居されたからってまずい飯を我慢して食べるなんてのは、俺がゆるせねぇんだ。この台所はもう、おやすに任せておいて何の心配もねえからな」

「へえ、わかりました」

と言ったものの、やすは少し不安になった。そのまま政さんが、隠居屋敷で働くことになってしまったらどうしよう。御殿山は遠くはないが、それでも、呼べば応《こた》えるところに政さんがいてくれるから、毎日安心して仕事をしていられるのだ。

仕事を任されるのは嬉しいけれど、それで政さんが少しずつ紅屋から離れてしまう気がするのは、考え過ぎだろうか。

江戸の料理屋からの誘いを断って、ずっと紅屋にいてくれると言った政さん。だが今のままでは、政さんの腕が埋もれてしまうのも確かなことなのだ。

❖

暦が神無月《かんなづき》に変わり、秋はますます深まった。

きのこ売りを楽しみにしていたが、今年は当たり年なのか、長月《ながつき》半ばでも振り売りが運んで来る籠に入っているのは松茸ばかりだった。それでもやっと松茸が終わり、今日の籠にはしめじの大株が入っていた。

「これは立派なしめじね」

「へい、今朝丹沢《たんざわ》で採れたもんで見事でしょう。暗いうちから山に入って、こいつを見つけたんで一目散に山を降りたんです。持ち歩いて壊しちまったら、価値が下がっちまいますからね」

「これだけ大きな株は見たことないわ」

「今年はなんでか、しめじは不作だったんですよ。これまでろくに採れてなくって、今年はどうしたんだろうと言ってたら、今朝こんなのを見つけたんです」

「今年のしめじは遅いのかしら。それにしても立派だわ」

やすはそっと、しめじの大株を両手で持ち上げた。

「あら重たい」

「このとこ雨は降ってねえのにこの重さです、裂いたら身がぎっしりですよ。虫にやられてたらもっと軽いからね」

やすは値段を訊き、予算に収まりそうだったので承知して買った。

「今年は香茸はないの？」

きのこ売りは頭をかいた。

「香茸ですか。あれは人気があってねえ、お得意様から頼まれてるもんで、見つけたらそっちに売っちまうんです。けど味だったらしめじの方がいいですよ。なんたって、香り松茸味しめじ、だからね」

「そうね、しめじは美味しいし、いい出汁も出るけれど……干した香茸を戻して醤油で炊いて、ご飯に炊き込むのが大好きなの」

「ああ、わかりますわかります。香茸は干してから戻して煮ると、香りがすごいからねぇ。あれはたまんないよね。香りだけで酒が飲める。わかりました、次に香茸を採ったら紅屋さんに持ってまいりましょう」

「お願いね。あ、その木耳《きくらげ》ももらっておくわ」

「へーい、まいどあり」

見事なしめじの大株を前に、やすは頭の中で献立を考えていた。しめじはどんな料理に使っても美味しい。小鍋仕立てにしてもいいし、飯に炊き込んでもいい。味噌汁の具にもなるし、吸い物にすると品のいい出汁が出てとても美味しい。ふっつりと歯で嚙み切る時の気持ちのいい歯ごたえも他のきのこにはない特徴で、なので酢の物などにしても面白い。もちろん天ぷらでも、さっと焼いただけでも食べられる。だが松茸のようなくせの強い香りは持っていないので、焼いただけ、のような料理にすると、松茸より物足りないかもしれない。

やはりここは、出汁の味と歯ごたえを活かした献立がいいだろう。まずはしめじ飯。

味を濃くし過ぎるとせっかくのしめじの出汁が楽しめないので、醬油を少しに味醂、あとは塩で味を決めよう。他の具は必要ないけれど、多少こくが出るように、おあげを油抜きして一緒に炊く。

もう一品作るなら吸い物が良さそうだが、それでは面白くないので、出汁の味を活かして椀物《わんもの》にしよう。大根と、今朝仕入れた鰤《ぶり》。先にしめじだけ煮て出汁をとり、その出汁で大根を炊く。鰤はふた口ほどの切り身を塩だけで焼く。椀に鰤、大根、しめじを品良く盛り付けて、膳に載せる時に味を整え熱くした出汁を張る。この料理だと椀種を先に作って用意しておける。

椀物は膳の主役だが、飯のおかずと考えると少し物足りない。もう一品は、里芋を少し濃いめの味に煮ころがして、出始めの柚子皮《ゆずかわ》を散らそう。あとは小鉢の代わりに銀杏を炒《い》って小皿に盛り、漬物は秋茄子《あきなす》の一夜漬け。

「おやす」

おしげさんが顔を出した。

「さっき飛脚が来てね、あんたに文《ふみ》だよ。日本橋の十草屋さんから」

やすは、受け取った文を袂《たもと》にしまい、料理を続けた。

一段落して裏庭に出て平石に腰掛けたのは、半刻《はんとき》ほどしてからだった。

いつもの通り、美しい文字が書かれていた。お小夜さまの字。読み進むうち、やすの顔は蒼《あお》ざめていった。

やすは表に回り、お客の出迎えをしているおしげさんを探した。

「おしげさん！」

「どうしたんだい、おやす」

「す、すみません、あの」

「もうちょっとお待ち。お客様がお着きだからね」

秋の陽《ひ》はつるべ落としで、夕焼けが始まったと思ったらすぐに暗くなる。旅の客たちは早足で品川に入って来て、どこか泊まれる宿はないかと通りを見回しながら歩いて来る。だが紅屋は料理自慢と評判なので、初めから目指して来てくださるお客が多い。

ひと通り、お客が宿の中に入ってしまうまで、やすはそのまま立って待っていた。やがておしげさんが持ち場を離れ、こっちにおいで、とやすに手招きした。やすはおしげさんと並んで通りを歩いた。

「ちょっとそこの、汁粉屋にでも入ろうか」

「いいんですか」

「いいも悪いも、あんたが台所を離れて表まで来たってことは、他の誰かに話を聞かれたくないってことなんだろ？」

汁粉屋は、紅屋から三軒先にあった。汁粉は好きだが、台所で作れるので銭を払ってよそで食べたことはなかった。

「政さんの作る汁粉に比べたら大して美味しくもないよ」

おしげさんは笑って言った。

「だけど、この時刻なら多分他に客はいないだろうからね」

確かに、どの旅籠もそろそろ夕餉の時刻、汁粉を食べたら夕餉が腹に入らない。けれど店には一人だけ客がいた。食べているのは磯辺《いそべ》餅《もち》のようだった。餅で夕餉を済ませてしまうのだろう。

おしげさんは、その客から一番離れた畳に座り、汁粉を二つ頼んだ。

「で、どうしたんだい。あんた、今にも泣き出しそうな顔してるよ」

やすは、小さな声で言った。

「おしげさんは、お小夜さまのお子さま、清太郎《せいたろう》さまについて何か聞いていますか」

おしげさんは黙ってやすから視線を逸《そ》らし、店の出入り口の方を見た。

「ああ、そのことかい。……まあね、聞いてはいるよ。詳しくは知らないけど……おみ足が悪くて、お耳が聴こえない、とだけ」

「……わたしはお小夜さまから聞きました。お小夜さまがこの前、お里帰りをなさっていた時に……」

「まあでも、十草屋の身代があれば、少々のことはなんとかなるんじゃないかい。そりゃお大変だろうし、お困りになることもあるだろうけど……あんたにできることは」

「へえ、わかっております。わたしには何もできません。それでも、いつか何かでお役に立てればと思ってました。でも……」

やすはためらいながら、お小夜さまからの文をおしげさんに渡した。おしげさんは、黙ってそれを読んだ。

「なるほどね」

しばらくしてから、おしげさんは、ふう、と息を吐いて言った。

「清兵衛さんも思い切ったことをなさる。十草屋の身代を従弟《いとこ》さんに譲って、長崎《ながさき》へ、とはね……だけど、ここにも書いてあるけどさ、清太郎さんにとってはその方がいいのは間違いないよ。長崎は蘭方《らんぽう》医学の本場、足のことも耳のことも、蘭方医に診《み》せれば何かいい方法があるのかもしれない」

「……へえ」

汁粉が運ばれて来たが、やすは箸も取らずに下を向いた。涙がぼとぼとと落ちた。

「わかっております。……でも……でも」

でも。

お小夜さまも行ってしまわれるのだ、長崎へ。

長崎。あまりにも遠い。

遠過ぎる。

十一　隠居屋敷

あまりに思いがけない文《ふみ》が届いてからしばらく、やすは心ここにあらずで過ごしていた。なんとか返事は書いて飛脚に預けたものの、なんと書いたのか思い出せない。ただ、お小夜《さよ》さまのお心を乱してはいけないと、泣き言にならないように言葉を選んだつもりだったけれど、書いているうちに涙が溢《あふ》れて墨を滲《にじ》ませ、書き直しても書き直しても、涙が文字を歪《ゆが》ませてしまった。最後に諦《あきら》めて、涙でところどころ滲んだままの文を畳んだけれど、出してしまってから、あれではお小夜さまにお辛《つら》い思いをさせてしまう、と後悔していた。

そんなやすの様子を心配して、おしげさんと番頭さんが相談したらしく、御殿山《ごてんやま》の隠居屋敷が完成してからなら、日本橋《にほんばし》に行って来てもいいとおゆるしが出た。その頃《ころ》には政《まさ》さんも事情を知ったようで、なんなら二、三日、泊まって来たらいい、とも言ってもらえた。

だがやすは、日本橋に出向く決心ができずにいた。

お小夜さまに会いたい。会いたいけれど、会って何と言えばいいのだろう。泣かずにいられる自信などない。行かないでください、と口走ってしまいそうで、こわい。

隠居屋敷は神無月《かんなづき》に入ってすぐに出来上がった。けれどお披露目《ひろめ》はせずに、静かに引っ越しされることになった。台所を整えに政さんが出向く時、やすも連れて行ってもらった。

御殿山、と言っても、花見の宴《うたげ》をしたあたりではなく、麓《ふもと》に隠居屋敷は建てられていた。こぢんまりとはしているが、立派なお屋敷だった。檜《ひのき》をふんだんに使っているのか、近づくといい香りが漂って来る。

台所も小さいが、使いやすそうだった。隠居屋敷なので大勢のお客が来ることはまれだろうから、普段は大旦那《おおだんな》さまご夫婦と、女中の分の食事が作れればいい。それには充分だ。真新しい道具もひととおり揃《そろ》っている。

だが政さんは、はて困ったな、と呟《つぶや》いた。

「これは使いやすそうな台所だが、それにしてもあんまりこぢんまりしてて、これじゃ、来春の隠居祝いの料理は、ここで作れねえな。紅屋《くれないや》で作って運ぶしかねえか」

「ご隠居のお祝いは、紅屋でやるのではないんですか」

「隠居屋敷があるんだから、こっちでやることになる。ここに引越されたらもう、大旦那は紅屋のお人じゃ無くなるからなぁ」

その言葉に、やすは寂しさをおぼえた。

「紅屋の台所であらかた作ってここに運び、仕上げだけここでいたしましょう」

「そうだな、そうしよう。まあ隠居祝いは内輪の祝いだから、そんなに大人数が集まるわけじゃないだろうし。隠居祝いが済んだら、今度は紅屋の座敷で、若旦那が身代《しんだい》を継がれる祝宴もある。まあ旅籠《はたご》の身代なんで大店《おおだな》のように大袈裟《おおげさ》な祝宴ではないと思うが、それでも品川《しながわ》の主だった旅籠の亭主がみんな集まるだろうから、俺《おれ》とおまえさんだけじゃ手が足りねぇな。神奈川《かながわ》宿のすずめ屋さんに相談して、料理人を貸してもらうことになるだろうな。それで、な」

政さんがやすを見た。

「おやすの料理人としてのお披露目は、大旦那の隠居祝いの席にしようと思う。そっちの方が規模が小さいからおまえさんもいくらか気が楽だろう。おやすが献立を決め、俺とおうめに何をさせるか段取りも決める。仕入れもおまえさんが仕切るんだ」

「わたしにできるでしょうか」

「もちろんできるさ。いつもの夕餉《ゆうげ》と同じに考えたらいい。だが祝いの膳《ぜん》だから縁起のいい献立が必要だ。それでいて、隠居の祝いだからな、あまり華美でも贅沢《ぜいたく》でもいけねぇ。いろいろ考えると難しいだろうが、要は、大旦那と大奥様が喜ばれる膳になるようにしたらいいんだ。まだ来春までは時があるから、じっくり考えたらいい。だが、その宴席でおまえを料理人として紹介したら、もうおまえは奉公人じゃなくなる。雇い人だ。俺やおしげ、番頭さんと同じに、給金は貰《もら》うが暮らしは自分で立てないとならない」

「……二階においてはもらえなくなるのですか」

「紅屋は奉公人にも通いを認めてはいるが、本来、奉公人ってのはお店《たな》の中で暮らすもんで、給金は安い代わりに食うもの、着るものはお店が面倒をみる。雇い人は、もらった給金で店の外で暮らすもんだ。その分、奉公人より給金が高いが、着るものも自分で都合つけねえとならねえし、病にかかったら薬代も自分持ちだ。つまりおやすも、来春からはどこか長屋を借りて暮らすことになる」

やすは、おうめさんと寝起きしている部屋を出なくてはならないのだ、と初めて知った。

一人で暮らす。そんなことが、自分にできるだろうか。

「そんな心細そうな顔をするな」

政さんは笑った。

「一人で暮らすったって、長屋なら隣り近所がほっときゃしねえから、寂しいことはねえよ。若い娘ならなおさらだ。もちろん、ちゃんと安心して暮らせる長屋を番頭さんが探してくださる。親代わりになってくれる、きっぷが良くて面倒見もいいおかみさんがいるところを見つけてくれるだろう。おしげのとこに空き部屋が出れば一番いいんだがな」

「おしげさんのところがいいです！」

「あそこに空きが出るかどうかは来春になってみねえとな。だが番頭さんもおしげも、差配に話を通しておいてくれるだろうから、空きが出たら知らせてもらえるよ。俺んとこは男所帯ばかりのがさつな長屋だから、よしといた方がいいだろうな。俺にはその方が気楽だが」

　政さんは、ちょっと困ったような顔でまた笑った。

「あまり面倒見のいいおかみさんがいるところだと、男やもめをほっといてくれねぇんだ。掃除だ洗濯だと手伝ってくれるのはありがたいんだが、何かというと後添えをもらえとうるさくて、どこそこの娘はどうだ、どこそこの後家さんならきっとうまくいくから一度会ってみろなんて、とにかく嫁をとらせようと必死になる。あれにはまったく参っちまうよ」

　政さんは、真顔になって言った。

「きっとおまえさんのとこにも、この先そうした話がひっきりなしに舞い込むだろうな。奉公人は奉公先を勝手にやめることはできねえが、雇われ人ならいつでも好きな時に、紅屋をやめてよそに移れる。嫁にいくのも勝手だ。だから嫁入りの話を誰《だれ》かから持ち込まれて、おまえさんがそれに心を動かされたなら、もう遠慮なく、自分の幸せのことだけ考えていい」

　やすは、政さんの目を見て答えた。

「やすは、お嫁には参りません。何度も何度も、みんなから訊《き》かれました。おしげさん、番頭さん、大奥さまにも心配していただきました。でも心は変わりません。やすには一度、本気で嫁ぎたいと思った方がおります。けれど自分には無理だと知りました。やすは紅屋の台所を離れたくありません。そして、一日でも長く、料理を仕事にして生きていきたいです。それがやすの幸せなんです」

「迷いはねえみたいだな」

「へえ、ありません」

「だが嫁にはいかないとしても、よその料理屋で働くことは、真剣に考える時がきっと来る。紅屋がどれだけ料理自慢でも旅籠は旅籠、料理だけを売り物にしている料理屋と比べたら、作る料理の幅も奥行きも足りない。料理人として上を目指すなら、いつか紅屋では物足りなくなる」

「そんなこと、考えてもおりません。政さんの料理には幅も奥行きもあります、どこの料理屋の料理と比べても遜色《そんしょく》ないはずです。その政さんから料理を仕込まれるなら、紅屋で物足りないなんてことはないと思います」

「いや、そうじゃない。俺はおまえさんに、俺の持ってるもんは全部渡すつもりでいるが、それでも紅屋の夕餉の献立では、せっかく渡したものすべてを活《い》かすことはできねえんだ。俺は江戸にいた頃に、極めたいところまで心ゆくまで極められた。だから今は、旅籠の夕餉に必要なことだけで充分満足できるし、この先もう、それ以上のことはしなくていいと思ってる。だがおやす、おまえさんは違う。おまえさんはいつか、紅屋を出ないといけない」

「そんな……」

「その時が来れば自分でわかる。自分で悩むようになる。そしてその時が来たら、俺にしてやれることは多分、もうない。おまえさんは自分で決めないとならない」

「ですからそれはもう」

「今は決めるな。今決めたって何の意味もねえ。その時が来たら、そこでもう一度、自分の幸せとは何なのか考えて決めるんだ」

やすは素直にうなずくことができず、なぜか流れ出した涙を膝《ひざ》に落としながら下を向いていた。

台所を片付け、料理道具を一つずつ調べて不具合がないか確認してから、やすは丁寧にすべての鍋釜《なべかま》、壺《つぼ》などを洗い、目につくところ全部を綺麗《きれい》に拭《ふ》いた。政さんもゆっくりと時をかけて包丁を研いだ。その小さな台所で、隠居した大旦那さまと大奥さまが日々召し上がるものが作られる。お二人の質素な隠居生活を、この台所が支えていく。良いお勝手女中が見つかりますように。

あらかた終えて帰り仕度をしていた時に、番頭さんが顔を出した。

「二人とも、これから紅屋に戻るのかい」

「へえ」

「政さん、おやすをちょっとだけ借りてもかまわないかい。半刻《はんとき》ほどで紅屋に帰すから」

「かまいませんよ。今夜の献立は決まってるし、下ごしらえならおうめでできます」

「すまないね。じゃあ、おやす、ちょっとこっちに来ておくれ」

番頭さんについて勝手口を出ると、番頭さんはそのまま屋敷裏の小道を歩いて行った。ほどなくして、目の前に小さな畑が見えて来た。売り物にするほどの野菜は採れそうもない、畝《うね》が三つ四つの小さな畑だった。

「まあ！」

やすは驚いた。その畑で鍬《くわ》を握っていたのは、大旦那さまだった。百姓《ひやくしよう》そのままに野良着と頬《ほお》かむりで、首にかけた手ぬぐいで汗を拭《ぬぐ》っていらっしゃる。

二人の姿に気づいて、大旦那さまはにこりとした。

「おやす、来ていたのかい」

「大旦那、一休みしませんか。八日堂《ようかどう》の豆餅《まめもち》を買って参りましたよ」

「それは嬉《うれ》しい。八日堂の豆餅は好物だよ」

番頭さんは自分の手ぬぐいで、畑の手前の切り株をさっと払い、そこに風呂敷《ふろしき》包みを置いて結び目をといた。中には竹皮の包みと、茶碗《ちゃわん》が三つ入っていた。肩がけしていた竹筒から茶碗に注《つ》がれたのは、まだいくらか湯気の立つほうじ茶だった。紅屋から隠居屋敷まで、お茶が冷めないうちに着けるのだな、とやすは思い、なぜかほっとした。

丸めたむしろが切り株の後ろに置いてあったので、やすはそれを広げた。

大旦那さまは筵に座り、嬉しそうに竹皮の包みを開いてさっそく豆餅を取ろうとしたが、番頭さんがその手を押しとどめ、懐《ふところ》から綺麗な手ぬぐいを取り出すと、大旦那さまの手を丁寧に拭いた。

番頭さんの細かな心遣いは、大旦那さまへの深い尊敬と思慕の表れだった。大旦那さまがまだお若かったじぶん、子供だった番頭さんを随分と可愛《かわい》がりなすったと聞いたことがある。大旦那さまが日の本中を旅して美味《おい》しい食べ物を探していらした時も、そのお供をして旅をしたのは番頭さんだった。

「ああ、うまい。八日堂は他《ほか》の菓子は、不味《まず》くはないがさほど褒めるほどのものでもないんだが、この豆餅だけがえらく美味しい。いったいどういうわけだろうね」

「この赤えんどうの炊き具合がいいですね。ここの赤えんどうは大粒だが皮が柔らかくて舌触りがいい。口の中で潰《つぶ》れると塩加減も絶妙で、あんこと混ざってこの美味しさが出ているように思います」

「なるほど、八日堂の他の菓子は、あんがちょいと物足りないんだが、塩えんどうと一緒に食べると甘みが強く感じられ、いい塩梅《あんばい》になるんだね。もったいない、他の菓子を作る時はあんも別に作ればいいのに」

「あそこは菓子職人が、店主の助蔵《すけぞう》さん一人ですからねぇ。二種類のあんを毎日炊くなんてことは手間がかかってできないんでしょう」

「ならばいっそのこと、豆餅だけ売ればいいんだ。あれもこれもと欲張って売るから、豆餅の美味しさを知らずにいる客が、あそこの菓子は大したことないと言いふらす。豆餅だけ作って売れば手間も省けるし、今よりもっと客が増えるだろうね」

隠居されても大旦那さまは、商いのこととなると熱心だ。まだまだお元気だし、畑仕事ができるほどなのだから、隠居は早いのではないだろうか。

やすのそんな思いが顔に出ていたのか、大旦那さまは笑いながらやすの頭をぽんと叩《たた》いた。

「なんだね、おやす。そんなに元気ならまだ隠居なぞしなければいいのに、という顔だね、それは」

「え、いえ、そんな……」

「確かにまだまだ、身体《からだ》の方は元気だがね、知っての通り、家内の方はすっかり弱ってしまっているからねぇ。いつまでもあれを奥座敷に寝かせたまま、寂しい思いをさせておくことはできまいよ。隠居してしまえば、あれも床を出るたびに小ぎれいに身支度をして、しゃきっと座っていなくてもよくなる。床をいちばん日当たりのいい部屋に敷いて、具合のいい時は起きてゆっくりしていてもいい。わたしも暇になったら、あれの話し相手にもなってやれる」

「へ、へえ。大奥さまには、嬉しいことと思います」

「まあそれもあっての隠居だが、代替わりってのは商いの調子がいい時にこそするもんだからね。今の紅屋には、政一《まさいち》がいておしげがいて、そしておやすがいる。内湯も好評だし、料理の評判は江戸にまで知られるようになった。おしげのおかげで、部屋の掃除は行き届き、客あしらいも見事なもの。紅屋は本当に、自慢のできる旅籠になった。身代を譲るのであれば、今がその時なんだよ。今ならば紅屋には勢いがある。

代替わりをすると客の目はどうしても、先代の時と比べてどうだこうだ、と厳しくなるが、今ならば、多少のことがあっても乗り越えられる。若旦那と若女将《わかおかみ》がやりたいようにやっても、それが許されるだけの余裕があるんだ。そこが大事なんだよ」

「大旦那のように潔く決断される人ばかりじゃありませんよ」

番頭さんが言った。

「身代を譲られる者の器量が足りない、ってことも世間には多々ありますからね」

「確かにそうだね。紅屋は、良い後継ぎがいて幸いだ。……わたしも妻も、子供が出来なかったことで苦しんだこともあったが、今にして思えば、出来の悪い後継ぎ息子ほどやっかいなものはない。若旦那も若女将も、真面目《まじめ》に努力する人間だから安心だ。それにあんたもいてくれる。番頭さん、蒸し返すようで悪いんだが、もう子供は無理だろうという時に、あんたを養子にして紅屋を継いでもらいたいと言って断られた、あの時は随分と寂しい思いをしましたよ」

そんなことがあったのだ。やすは黙って、下を向いたままでいた。

「申し訳ありませんでした。わたしにはあまりにも荷が重くて……それに、実家もあの頃は色々と大変で、わたしが戻ることになるかもしれませんでしたし」

「兄上様は、その後、大事なく暮らしておられるのかい」

「はい、もうすっかり元気ですよ。今さらおまえが戻っても居場所はないよ、なんて言われています。……おやす、わたしの実家は八王子《はちおうじ》で八王子縞《じま》の問屋を営んでいてね、長兄が家業を継いだのだが、胸の病を患って、一時は命も危ぶまれたことがあったのだよ。他の兄達はみな養子に出たあとで、長兄にもしものことがあれば、わたしが戻って家業を継がなくてはならないからね、せっかく紅屋の後継ぎにとおっしゃっていただいたのに、お断りしなくてはならなかった」

番頭さんは、事情がわからずにいるやすの為《ため》に、微笑《ほほえ》んで教えてくれた。

「ですが大旦那、若旦那のようにいい方がいらしてくだすって、本当にようございました」

「しかし番頭さん、あんたが実家に戻らないと言うなら、紅屋の暖簾《のれん》分けも考えたっていいんだよ。いや、旅籠に暖簾分けってのも変な言い方だが」

大旦那は、はは、と笑った。

「横浜に新しい港が出来て、これからますます東海道は人の行き来が多くなる。保土《ほど》ケ谷《や》でも神奈川でも、あるいは平塚《ひらつか》や大磯《おおいそ》あたりまで行ってもいい、良い出物があれば買い取って、旅籠を始めようかと思わないでもないんだ。隠居屋敷に移ってから何を言ってるのかと笑われるだろうが、これは若旦那とも時々話し合っていることなんだよ。あんたはまだ隠居にはだいぶ早い、あんたの才なら、新しい旅籠を任せても繁盛間違いなしだ。ただこれまで言わなかったのは、あんたがいつ実家に戻ることになるかわからない、と思っていたからでね。番頭さん、どうだい、ちょっと真剣に考えてみてくれないかい。あんた、正月でいくつになる？」

「四十八になります」

「所帯を持って何年だっけ」

「もう十年になりますか」

「奥方は元気かい」

「元気なだけが取り柄です」

番頭さんは笑った。

「娘さんは確か、八つか九つだったたね。どこかに奉公に出すのかい」

「そろそろ考えないといけないんですが……」

「奉公先は、わたしに任せてもらえないかい。紅屋同様に、奉公人に優しいお店をきっと選んであげるから」

「そうしていただけたら本当に助かります」

「ならそうしよう。意地の悪い女中頭がいたり、小僧や女子衆《おなごしゅう》を折檻《せっかん》するようなところはいけないからね。そうした噂《うわさ》はけっこう広まるもんだから、ちょいと聞き回ればすぐにわかる。まあそれはそれとして、新しい旅籠のことは頭の隅に入れておいておくれ。ああそうだ、あんたの下は今、幸吉《こうきち》かな」

「手代頭は幸吉がやっています」

「幸吉ももう、四十になるはずだね」

「正月で数えて四十一、前厄だとお大師《だいし》様にお参りに行くと言ってましたよ」

「幸吉に番頭が務まるかい」

番頭さんは、小首を傾《かし》げて考えた。

「……どうでしょうか。真面目でよく働く男ではあるんですが……帳面が苦手なんです」

「おやおや。旅籠の仕事はほとんどが女中仕事で、手代は力仕事と帳面が大事なんだが。帳面が苦手とは困ったね」

「紅屋はつけ払いを受けませんから、帳面はさほど難しくありません。ただそれでも、お武家やお役人のつけ払いが多少はあります。それと台所の払いは政さんに任せてますが、それ以外の払いや算段は幸吉とわたしでやっております。が、幸吉は、なんと言えばいいか、交渉ごとが苦手なんです。普請の算段の時にも大工や左官の言いなりになってしまうので、ちょいと苦労いたしました」

「本人はどう考えているんだろうね。もしあんたがよそで新しい旅籠をやることになったら、次は自分が番頭だ、と張り切ってくれると思うかい」

「いや、どうでしょうか」

番頭さんは苦笑いした。

「しかし真面目は真面目ですし、気のいい男です。わたしが手伝えば、番頭も務まるとは思います」

「あんたがいなくなったらの話をしているのに、あんたが手伝うんじゃ意味がない」

大旦那さまは笑ったが、真面目な顔になって言った。

「ならいっそ、新しい旅籠に幸吉も連れてってもらう手もあるな。あんたのそばにいれば、幸吉にも番頭が務まるのならそれがいい」

「しかしそれでは、紅屋は」

「ここだけの話にしておくれ」

大旦那さまは、腕組みして言った。

「いっそ、あんたのあとはおしげに任せようかと考えている」

やすは驚いて、思わず顔を上げた。

番頭さんも、口をあんぐりと開けていた。

「まさか、女を番頭に……」

「ははは、いくらわたしが新しいもの好きでも、女を番頭に置いたら世間から何を言われるかわからない。だがね、黒船が来て以来、世の中はどんどんと変わっている。いずれは女の番頭だって、どこかのお店が置くようになるかもしれない。もともと旅籠は女将が仕切って、番頭を置いていないところも多いじゃないか」

「ええまあ、それはそうですが、しかしそれは飯盛り女を置くような旅籠や、家族だけでやっている小さな宿などの話です。紅屋は百足屋《むかでや》さんほどではありませんが、品川では名の知られた名旅籠、旅籠の寄り合いでも大旦那の時分から、仕切りを任されることもあったほどです。身代を譲られるにしたってお上のお許しをいただいたわけで……」

「あんたが名前だけ、貸してくれたらいい。あんたは紅屋の番頭のまま、新しい旅籠の主人になる。実はおしげが番頭の仕事をする。あんたにはこれまで通りに給金も払おう。もちろん新しい旅籠のあがりからかかった費用を払ってくれたら、残りの利益はあんたの裁量で給金にまわしたり、商いに使えばいい。そうだな、月に一度くらいは紅屋に来て、おしげと帳面を確かめたり色々と相談したりしてくれたら」

大旦那さまは、言うだけ言うと豆餅をもう一つ口に入れた。

「ま、今言ったことは明日にでもって話じゃあないからね、じっくり考えてみておくれ。さて、と、番頭さんとの話は終わった。待たせてすまなかったね、では次はおやす、おまえさんの番だ」

「それじゃ、おやす、わたしはもう少し屋敷の中を見ていますからね、帰る時は一緒に帰りましょう」

番頭さんが屋敷へと戻って行く。大旦那さまが茶を飲み干してしまったので、やすは竹筒から茶碗に、ほうじ茶をそそいだ。

「おまえとの話は、百足屋のお嬢さんのことだ」

大旦那さまは、優しい目でやすを見ていた。

「実は百足屋さんから相談を受けてね。せっかく十草屋ほどの大店に嫁がせたのに、十草屋《とくさや》清兵衛《せいべえ》が身代を従弟《いとこ》に譲って長崎《ながさき》に行ってしまうことになって、百足屋さんもだいぶ参ってしまわれたようだ。妾腹《しょうふく》の子とはいえ、一人娘だからねぇ、目の中に入れても痛くないほど可愛いと思っているのに、なんだって長崎なんかへ、と、涙まじりだったよ。いっそ離縁させたいとまで言うんで、いやそれはおやめなさい、となだめたんだが。聞くところによれば、十草屋の夫婦仲はとてもいいらしいじゃないか」

「へえ。本当に仲の良いご夫婦でいらっしゃいます。お小夜さまは清兵衛さまのことを心から慕ってらっしゃいますし、清兵衛さまはお小夜さまのことが、他の何よりもお大切なのだと思います」

「仲のいい夫婦を引き裂くほど酷なことはないからね。お小夜さんも納得して長崎に行くのであれば、それは諦めるしかありませんよ、と言ってはみたんだが、百足屋さんが嘆くのもわからないではない。ただ、その……生まれたお子というのが」

「存じております」

「そうかい。それなら言うが、そういう子供がよりによって薬種問屋の大店に生まれたというのは、なんとも切ないねぇ。世間というのは時にひどく残忍なもの。その子のことが世間に知れたら、どんな陰口を叩かれるかわからない。それこそ商売にひびくこともないとは言えまい。その子の不幸が生まれつきなら、扱う生薬とは何の関係もありゃしないんだが、世の中ってのは理屈でできてないからね。それでなくても大店ってのは、人々のやっかみの的になるものだ。清兵衛という人がどんな男なのかは知らないが、家業を守るために、潔く決断したんだろう。なかなかの器だね」

「お店のことだけではないと思います。お子の清太郎さまは、とても賢いようですし、お身体が不自由でもいろいろなことをどんどんやってしまわれる、強い方のようです。

そんなお子なら、他人の目が気になる日本橋で育つより、長崎のように、異国の人や考え方が入り混じるようなところで育ったほうが、のびのびとやれるのではないでしようか。それに長崎は蘭方《らんぽう》医学の本場でもあります。もしかすると、清太郎さまのお身体を治せる医師がいるかもしれません」

「なるほど」

大旦那さまは、こくこくとうなずいた。

「そういうことも確かにあるな。そうして考えてみれば、長崎に行くというのは良い選択なのかもしれない。百足屋さんの話では、長崎十草屋を向こうで開いて、蘭方医が使う薬草を扱いたいと清兵衛は考えているらしい。そうしたものを扱うにはお上のお許しが必要だが、十草屋は長崎屋《ながさきや》の親戚《しんせき》でもあるから大丈夫だろう。長崎屋は南蛮人が上様に謁見《えっけん》する際などに宿を提供していたお店だから、幕府とは懇意なのだろうし。ただ」

大旦那さまは、こころもち声を低めた。

「十草屋は一橋《ひとつばし》家にも出入りしていたらしい。葉月《はづき》に一橋様があんなことになられて、一橋家は当主が不在となって屋敷は空き家だと聞く。今後どうなるか、まさか一橋家がお取り潰しになることはあるまいが、先行きはまったく見えない状態だ。攘夷《じょうい》派の屋敷に出入りしていたというだけでも、今のご大老には目の敵にされる。そうしたこともあって、もはや江戸にいても仕方がない、と諦めたのかもしれない」

「……清兵衛さまもお小夜さまも、どんな時でも何かを簡単に諦めたりはなさらないと、やすは思います。長崎行きは、お二人とお子にとってそれが最善だと信じて決められたことに違いありません」

大旦那さまは、昔からよくそうしていたように、やすの頭をぽんと軽く叩いて言った。

「そうだな、おやすの言うことが正しいな。十草屋清兵衛は、日本橋を逃げ出すのではなく、それが最善だと信じて長崎に行く。そういうことだな。今度百足屋さんに会ったら、そう言ってやろう。ところで、その百足屋さんから頼まれごとをしてしまったので、それをおまえに話さないとならない」

「へえ」

「百足屋さんから、おやす、おまえを貸してもらえないか、と頼まれてしまったんだよ」

「あの、それはいったい」

「長崎に向かう三人について、おまえに長崎まで行ってもらいたいのだそうだ」

「わ、わたしが、長崎にですか！」

「女中ではなく、長崎十草屋の料理人として一家について行ってもらえないか、というんだ。そのままずっと、というわけではない、お小夜さんが向こうの暮らしに慣れて、一家がちゃんとやっていけるようになるまで、二年か三年の間、お小夜さんのそばについていていてほしいそうだ」

やすは、ぽかん、と口を開けてしまった。あまりにも思いがけない話だった。

「無理は承知で、と頼まれた。まだこのことは、番頭さんにも政一にも話していない。もちろん一度は断った。おやすはようやく、紅屋の料理人としてひとり立ちするところ、来春には料理人として世間にお披露目も考えているところだ。紅屋にとっておまえは宝だよ。たとえ二年、三年だけと言われても、今、おまえを手放すなんてとんでもない。それはできない相談だ、とね。だが百足屋さんが畳に手をついて頼むものだから、どうにも情にほだされてしまった。とにかく本人の気持ちが第一だから、おやすが行きたいと言うかどうか、話すだけは話してみようと答えてしまった」

やすは混乱していた。お小夜さまとお別れしなくて済むかもしれない。憧《あこが》れていた長崎に、自分も行けるかもしれない！

だがそれは、紅屋や政さんと離れることを意味している。たとえ永遠の別れではないとしても、この時期に紅屋や政さんと離れることは、自分が信じて歩こうとしている道から逸《そ》れることになる。料理人として認めてもらえたとしても、まだまだ政さんから学びたいことはたくさんある。学んでも学んでも、政さんの背中は遠ざかるようにさえ感じている。今、政さんと離れて長崎十草屋の料理人になったとしたら、これまでのように学び続けることができるだろうか。

お小夜さまとお別れをしたくない。できればずっと、ずっとおそばにいたい。知らない土地で心細いだろうお小夜さまに寄り添ってあげたい。毎日自分が作る料理でお小夜さまを喜ばせることができたら、どんなに楽しいだろう。嬉しいだろう。けれど、それでは自分は料理人として、その先へと進めるだろうか。二年経《た》てば戻って来られるとしても、その二年の間に、今心に抱いている決心が揺らいでしまうのではないだろうか。

「一家が江戸を離れるのは師走《しわす》に入ってからになるそうだ。それまでまだ時があるから、ゆっくりと考えて返事をしておくれ。おまえの気持ち次第では、番頭さんや政一にはわたしから話して納得してもらうから、それは心配しなくていい」

「わ、わたしには……決められません」

「決めなくてはいけないよ」

大旦那さまは、静かに言った。

「おまえももう大人だ。大人になれば、一生のうちに何度かは、大きな決断をする必要がある。わたしの耳にも、おまえが慕っていたお方と別れる決心をしたことは伝わっている。その方からは、嫁に来てくれと言われたのじゃないのかい」

やすは、声を出さずにうなずいた。

「おまえはそれを断って、紅屋で料理を続ける道を選んだ。今度もまた、自分で決めなさい。おまえの一生は他の誰のものでもない、おまえだけのものだからね」

大旦那さまは立ち上がった。

「さあて、もう少し畑を耕してしまおう。隠居して暇になったら、野菜でも作ってみたいと以前から思っていたんだが、やってみるとなかなか大変だ。近所の百姓に頼んで教えてもらっているんだがね。おまえももう帰りなさい。夕餉のしたくを始める刻だろう」

やすは、ふらふらと立ち上がり、竹筒や豆餅の包みをまとめて抱えた。大旦那さまはさっさと畑に戻って鍬をふるっていらっしゃる。

あまりにも大きな荷物をふいに背負わされた気がして、一歩あるくにも膝が震えた。自分で決めることなんて、できるだろうか。どうしたいのか、自分でもよくわからないのに。

十二　お別れ

秋は瞬く間に過ぎて行った。

とめ吉《きち》は野菜の飾り切りがよほど楽しかったらしく、神無月が終わっても、大根で鶴やうさぎを作ったり、芋を魚の形に切ってみたりと、あれこれやっている。中にはとても客には出せない失敗作もあったが、そうしたものは賄《まかな》いに使った。だがもちろん、仕入れた野菜はどれも大切なものなので、ちゃんとやすの許しを得てから切るように言ってある。とめ吉に刃物を扱わせても大丈夫そうだと政さんに言うと、年明けからは菜切りを持たせてみようか、という話になった。

やすはできるだけ、仕事中には余計なことを考えないように努めた。うわのそらでいていいことは何もない。お勝手仕事は、刃物も火も使い、怪我《けが》がつきものだった。うわのそらでは大きな怪我に繋《つな》がるかもしれない。それに、舌で味を感じること自体が心に左右されるものだというのは、これまでに何度も経験して知っていた。悩み事があって味に集中できないと、味が「わからない」。美味しいまずいというだけではなく、味にはさまざまな変化があり、性格がある。重い軽い、しっかりしている、儚《はかな》い、頼りない、深い浅い。さわやかな味、はんなりとした味、奥ゆかしい味、寂しい味、楽しい味、賑《にぎ》やかな味、華やかな味。そうした味の性格、味の「顔」の違いは、心も身体も健やかで舌がきちんと働いてくれないと、「わかる」ことができない。

何を悩んでいるのかは、誰にも打ち明けていない。が、政さんは知っているという気がしていた。大旦那さまは番頭さんに話しているだろうから、番頭さんから聞いたのかもしれない。それでも政さんは、何も言わなかった。やすが自分で決めること、やすが決めたのなら反対はしない、そう思っているのだろう。

仕事が終わって部屋に戻り、布団に潜ってから、やすは悩んだ。悩み続けた。行灯《あんどん》の明かりで料理書を読むこともせず、ただ目を閉じて考え続けた。時には、気づくと一番鶏《いちばんどり》の鳴き声が聞こえることもあった。

悩んでも考えても、お小夜さまと離れたくない、長崎に行ってみたい、という気持ちと、紅屋で料理を作り続けたい、政さんにもっと教わりたい、という気持ちは、拮《きっ》抗《こう》したまま動かない。

たった二年ではないか。お小夜さまの助けになるのなら、一緒に行ってさしあげればいい。二年が過ぎたら戻って来て、また政さんに教わればいい。

そう思う一方で、今が大事なのだ、という思いも消えない。ようやく料理人として働くことができるようになった今、ここでしっかりと政さんに仕込まれ、政さんの仕事を自分のものにすることが、これからの自分には絶対に必要だ。今ここで長崎十草屋の料理人になってしまったら、おそらく自分の料理の技はここから先、たいして伸びないだろう。長崎の珍しい料理を少しばかり学んで、それなりに見栄えのする、そこそこ美味しいものは作れるようになるかもしれないが、政さんの技量には遠く及ばないし、政さんの料理の真髄にも決して近づけなくなる。二年は短いようで長い。誰にも叱《しか》られることなく、我流のままで二年料理をし続けたら、自分の技はそこで固まってしまうだろう。長崎十草屋の台所では、仕入れる野菜や魚の予算を気にしなくてもいいだろうし、たまに客人のために料理することはあるとしても、ほとんどは清兵衛さまご一家と奉公人のために料理をすることになる。様々な人がやって来る紅屋とは違って、限られた人たちの好みを知るのは容易《たやす》いし、その好みに合わせて料理をすれば満足していただけるというのでは、考えることが次第に少なくなり、慣れで仕事をするようになるだろう。二年経ってのこのこと紅屋に戻っても、今のように働くことはできなくなっているかもしれない。

その上、二年お小夜さまのそばで暮らしたら、そのままずっとお小夜さまのそばにいたい、と思うようになる。きっと、そうなってしまう。自分にそのつもりがあるなら、お小夜さまも帰れとはおっしゃらないだろう。料理だけではなく、お小夜さまと清太郎さまのお世話をする女中として一生仕えていきたいと、思ってしまうに違いない。

わたしは、心が弱い。お小夜さまのそばにいられることの幸せには、きっと抗《あらが》えない。

霜月《しもつき》に入り、日本橋十草屋の噂は品川にも流れて来た。当主の清兵衛さんが蘭方の薬を学ぶために、身代を従弟に譲って一家で長崎に行く。なんとまあ、思い切ったことを。これからは蘭方医の時代なのかねえ。開国した以上は、何もかも異国風になるのかねえ。

そろそろ決めなくては。お小夜さまたちの出発は師走に入ってかららしいが、長崎までは長い旅になる。通行手形をいただく手間もかかる。

だが、決めることができないまま、日々が過ぎて行った。

季節は冬になっていた。夕餉の献立も、また小鍋の季節になった。

やすは久しぶりに、おいと揚げを作っていた。深川《ふかがわ》のおいとさんのところで考えた、さつま揚げの変わり種である。その日に安く仕入れた魚をすり身にして、蓮根《れんこん》や芋、芹人参《せりにんじん》など思いついた野菜を入れる。どれも余り物でいい。それに生姜と塩、醬油《しょうゆ》、みりんで味付けして丸め、あぶらであげる。半端に余った魚や野菜を使うので、日によって中身が変わる。その日は平目の刺身をひいたので、残ったアラから丁寧に白身をこそげ落とし、安くて質のいい鰯《いわし》を仕入れてあったのでその身と合わせてすり身にした。蛸《たこ》の煮物も作ったので、頭や足先、くちばしなど、煮物に使わなかった部分を叩いてすり身に混ぜた。細くて見栄えのしない蓮根、芹人参の頭としっぽ。なんでも刻んで、すり身に混ぜる。

おいとさんに相談しようか。香ばしく揚がったおいと揚げを見ていると、きっぷのいいおいとさんの笑顔が思い出された。

「わあ、いい匂《にお》い」

外で大根を洗っていたとめ吉が、笊《ざる》を抱えて戻って来た。

「さつま揚げですね！　おいら、大好きです、さつま揚げ。でも今夜の夕餉の献立に、さつま揚げは書いてありませんでしたよ」

「これは賄いよ。だからあとで食べられるわよ」

「本当ですか！　うわーい、すごいな。おいら、丸ごと一個のさつま揚げは食べたことないです」

「いつもは味見だけだものね。今日は鰯がとても安かったの。煮付けにして明日の朝餉に出すけれど、小さいのをたくさんおまけしてもらったのよ。それに平目のアラにも身がだいぶ残っていたから。鰯だけでも美味しいんだけど、白身の魚を混ぜると味が軽やかになるの」

「嬉しいなぁ。おいら、賄いで毎日美味しいもの食べられて、紅屋に奉公に来てほんとに良かったです」

「とめちゃんはなんでも美味しいって食べてくれるから、作りがいがあるわ」

「美味しいですよ、おやすちゃんの作る賄いはなんでも美味しいです。おいら、時々、おやすちゃんは仏様みたいだなって思うんです」

「ほとけさま? どうして?」

「だって、捨てちまうような魚のアラにへばりついた身とか、野菜の皮とか、そういうもんを使ってびっくりするほど美味しいもんを作るじゃないですか。捨てちまうようなもんを救って、美味しいものに変えてしまうなんて、仏様ですよ、まるで。おっかあがいつも言ってたんです。仏様はどんな人でも救ってくださる。悪いことをしても悔い改めて手を合わせれば救ってくださるし、貧乏でぼろを着ていても、垢《あか》にまみれたりおできができて膿《うみ》が出たりしてても、救ってくださいとお願いすればきっと救ってくださる。救われた者は、綺麗な光に包まれて仏様になれるんだよって。おやすちゃんは、野菜の皮でも骨についた魚の身でも、丁寧に集めて料理して、おいらたちのお腹《なか》を満たしてくれます。だから仏様みたいです」

なんだか、わかるようなわからないような例えだったけれど、やすは嬉しかった。それはとめ吉の考える、最上の褒め言葉なのだ、とやすは思った。

とめ吉だけでなく、紅屋の人々はみな、賄いやお八つを楽しみにしていてくれる。やすは紅屋の他に奉公というものを知らないが、聞いた話ではお店によっては、奉公人に食べさせるのは麦や稗《ひえ》の混ざった米と漬物ばかり、というところもあるらしい。めざしや野菜の煮物などが出たとしても、手代、丁稚《でっち》と男衆が食べてから女子衆が残りを食べるところも多く、漬物すら切れ端しか残っていないのだとか。紅屋では台所のかかりは政さんの裁量に任されているが、賄いにかける費用は決して多くはない。なので客に出す料理には使えない野菜や魚をどれだけ上手に料理して、美味しい賄いを作るかは、やすにとって大事な仕事だった。

やすは、そうした賄い作りのすべては、まだおうめさんに教えていなかった。賄いのことは毎日のことだし、おうめさんも一膳飯屋をやっていた人なので、任せればある程度は作ってくれる。だからそれ以外のことは、おいおい教えていけばいい、と呑《のん》気《き》にかまえていた。

いい色に揚がったおいと揚げは、熱いうちならそのまま食べてもとても美味しい。けれど仕事が終わってみんなが夕餉の膳を囲む頃にはすっかり冷めてしまっている。それに、一人一つではきっともの足りないだろう。客に出す夕餉の献立には、平日の刺身、蛸の煮物、それに大根の柚子味噌《ゆずみそ》かけを作る。大根は下茹《したゆ》でして、今は出汁《だし》で煮込んでいる。そろそろ火から鍋をおろし、ゆっくりと冷まして味を染み込ませる。白味噌にみりんと砂糖を溶いて弱火で練り、柚子の皮をすりおろして加えた柚子味噌を大根にかけると、冬に嬉しい一品になる。どの客の碗にも同じ大きさの大根が入るように、仕入れの時から太さを揃えて大根を選んだ。そうして使うと、先の細いところがどうしても余る。これを少し甘辛く煮付けて、おいと揚げも加えて煮る。甘辛い味にすればご飯がすすむ。おいと揚げは一つでも、大根が付けばお腹も満たされる。

やすは、自分が賄いを作ることがとても好きなんだ、と思った。一緒に働いている人たちが、美味しいと喜んでくれるものを毎日作る。こんなに楽しいことはない。

不意に、やすの心は決まった。

お小夜さまとお別れするのはあまりにも悲しい。けれど、お小夜さまのお情けで長崎十草屋に料理人として迎えられても、自分はもう、料理人とは言えないだろう。料理の技量で仕事を任されるのではなく、お小夜さまの仲良しさんだから、お小夜さまのおそばにいる為にだけ、雇われて長崎までついて行くのだ。それはそれでいいのかもしれない。大好きなお小夜さまのために働くことは、自分にとっても意味のあることだし、長崎では新しい料理のことを学べるだろう。けれど、子供の時から一緒に働いて、笑ったり泣いたりし合って来た人たちの為に、工夫してなんとか美味しいものを作ろうとすることは、もうできなくなる。それが二年を限りのことだったとしても、今、その仕事を手放すことが、自分にはできそうにない。

もしいつか自分が紅屋を離れる時が来るとするなら、それは、自分が紅屋から受けた恩を返し終えたと思った時だ。賄いのことも全部、おうめさんに教え、とめ吉が立派に包丁を使えるようになり、自分がいなくても紅屋の台所が困らない、そうなった時には、長崎に行って新しい料理を学ぶ人生もあるかもしれない。けれど、それは今ではない。

「おやすちゃん、どうしたんです？　目に何か入りましたか」

とめ吉が心配そうに、やすの顔を覗《のぞ》きこんでいた。もうとめ吉の背丈は、やすとそう変わらない。

やすは、自分が泣いていることにやっと気づいて、笑ってごまかした。

「葱《ねぎ》の汁が目に入ったの。もう大丈夫よ」

「顔を洗って来たらいいですよ」

「そうね、そうしましょう」

勝手口から出て井戸端に座り、冷たい水に顔をつけた。

一度決めた心が変わらないうちに、番頭さんに気持ちを伝えなくては。

そう思った途端、また悲しみが胸を襲った。やすは、顔を洗う振りをしながら、嗚《お》咽《えつ》を漏らして泣いた。

❖

玉子焼きは、お小夜さまのお好きな、お醬油を入れた少し色黒に。もちろん砂糖も多めに入れて甘辛くする。紅屋の夕餉の膳に載せるには少々、品に欠ける味付けだが、お小夜さまはこの味がお好きだった。幼い頃、病弱な母上さまと年老いた爺《じい》や、それに近くの長屋から女中として通ってくれていたおかみさんと、寂しい暮らしをしていた時に、その長屋のおかみさんが作ってくれた玉子焼きの味。百足屋に引き取られて、百足屋の料理人が作る素晴らしい料理を毎日食べるようになってからも、甘辛く色黒の玉子焼きが食べたくてたまらなかったと言っていた。

二日前から白味噌に漬けておいた鰈《かれい》の切り身は、七輪でゆっくりと焼く。いつもはとめ吉に炭をおこさせるのだが、今朝は暗いうちから起きて水を汲《く》むところから一人でやっている。

お客用とは別の釜で赤飯を炊く。ささげ豆を一粒一粒選んで、綺麗な色が出るように念入りに下ごしらえをした。お小夜さまとご家族の門出を祝う赤飯。そして赤飯にはもち米を使うので、冷めても飯が硬くならずに美味しく食べられる。

里芋、芹人参、蒟蒻《こんにゃく》、干し椎茸《しいたけ》を戻したもの。煮物も形良く綺麗にできた。とめ吉が、自分も何か十草屋さんの門出を祝いたいと言ったので、芹人参を蝶《ちょう》の形に切ってもらった。

最後に小さなさつま揚げを作り、海苔《のり》で巻いてから揚げる。品川の海でとれた魚に、品川の海の海苔。冷めても美味しいように、これもしっかりと味をつける。

お客の朝餉の支度をしつつ、重箱に玉子焼き、焼き魚、煮物、揚げ物、赤飯を色よく詰める。そして抹茶餅。本当は、お小夜さまの好物のよもぎ餅を作りたかった。ほんの少しでも葉が出ていないかとよもぎを探しまわったが、師走に入ったばかりの品川では、まだよもぎの葉は見つからなかった。仕方なく、緑の色は抹茶で出した。あんは政さんが炊いてくれた。絶妙な甘さ、滑らかな舌触り。こんなに美味しい餅菓子は、江戸の名店を探しても見つからないだろう。

おうめさんととめ吉が起きて来て、やがて政さんが勝手口から顔を出した。

「支度はできたかい」

「へえ」

やすは風呂敷に重箱を包み、首から提げた。

「それじゃ、今朝の朝餉はよろしくお願いしますね。とめちゃん、炭はおきてるから、めざしを焼いてね。味噌汁の貝は砂抜きが終わってます。それと漬物は」

「大丈夫よ、おやすちゃん。あとは二人でちゃんとやっときます」

おうめさんが笑って言った。

「行ってらっしゃい。気をつけてね」

おうめさんととめ吉に見送られて、やすは政さんと表通りに出た。そこには駕籠《かご》が二つ、待っていた。

歩いて参りますから、と十草屋からのお使いの人には言ったのだが、やはり駕籠が用意されていた。日本橋まで歩くのはなんということもないのだが、自分の足よりも駕籠かきの足の方が速いことが少し嬉しい。それだけ早く日本橋に着くので、お小夜さまとお話しできる時が長くなる。

品川から高輪《たかなわ》、江戸へと、駕籠はまるで空でも飛んでいるかのような速さで駆け抜ける。師走の町には、早朝から人々が忙しそうに歩きまわっていた。

師走にしては暖かい朝だった。長旅に出るには良い日和《ひより》だ。

日本橋にはあっという間に着いてしまった。十草屋の表に駕籠が止まったので、降りてから裏へ回ろうとしたが、十草屋の番頭さんがやすを見つけて走り寄って来た。

「紅屋さんのおやす様と、政一様ですね。お待ちしておりました。どうぞ中へ」

「いや、わたしは外でお待ちしますよ」

政さんが言ったが、番頭さんは政さんの手をひいて言った。

「主人がぜひご挨拶いたしたいと申しておりますから、どうぞ」

案内されたのは、店の奥から通じている奥座敷だった。清兵衛さまが旅支度を済ませて畳に座っていらしたが、すぐに立ち上がった。

「こんなに朝早く、わざわざお越しいただきありがとうございました」

「とんでもない、こちらこそ、駕籠などしたてていただきまして。本日は手前どもの主人に代わりまして、お別れのご挨拶に参りました」

紅屋は百足屋とは懇意にしているが、日本橋十草屋とはこれといって付き合いがない。なので代替わりしたばかりの若旦那が出向くのは大げさだからと、政さんがやすと一緒に来ることになった。

政さんが挨拶を述べている間、やすは後ろに座って頭を下げていた。お小夜さまはどこにいらっしゃるのだろう。

やがて形式ばった挨拶が終わると、清兵衛さまが言った。

「お待たせしました、おやすさん。廊下を出て左に歩いた突き当たりの部屋にお小夜がおります。二人だけの方がいいでしょうから、わたしと政一さんはここで待ちましょう。行って、お小夜と話していただけますか」

「へ、へい」

やすは思わず、急いで立ち上がった。清兵衛さまに頭を下げるのももどかしく廊下に飛び出し、左の突き当たりの部屋へと急ぐ。

障子の前で座りこむと、胸がどくどくと音を立てていた。

首から提げたままだった包みを下ろし、傍に置く。

「紅屋の、おやすでございます」

声をかける。返事がない。やすは不安になり、もう一度、おやすでございます、と言った。

「入って」

お小夜さまの声。やすは障子を開けた。途端に、何かに体当たりされて廊下に倒れ込んだ。

「お、お小夜さま……」

やすの体の上に、華奢《きゃしゃ》なお小夜さまが座り込んでいた。

「……来てくれた」

お小夜さまは泣いていた。ずっと泣いていたのだろう、目も鼻も赤い。

「やっとやっと、来てくれた。わたしの、あんちゃん」

「お、お小夜さま、裾《すそ》が乱れておりますよ」

「裾なんかどうでもいい」

お小夜さまは、幼子のように言った。

「もし今日会えなかったら、あんちゃんが来てくれなかったら、旅立ちをとりやめるつもりだった」

「ちゃんと参りますとも。文でそうお約束したではありませんか。品川までお駕籠が迎えに参りましたから、わたしでも迷子になる気遣いはございませんでしたよ」

やすは、泣き笑いしながら起き上がり、お小夜さまをしっかりと抱いた。

懐かしい香り。お小夜さまがお好きなお香。

「中に入りましょう。この廊下は寒うございます」

座敷には火鉢が置かれ、部屋は暖かかった。

「外は良いお天気で、日差しもございます。冬の旅立ちには良いお日和だと思います」

「長旅ですもの、初日は晴れてもそのうちには雨も降るでしょう」

お小夜さまは、少しむくれたように言う。こうしたところは、初めて会った日から少しも変わっていない。

「中仙道《なかせんどう》を行かれるとお聞きしましたが」

「ええ、品川を通って東海道《とうかいどう》で行きたかったのに、大井川《おおいがわ》の渡しで何日も足止めを食うと、年のうちに京に着けないから、中仙道になったの。碓氷峠《うすいとうげ》が心配だわ。峠道は険しいそうよ」

「大丈夫でございますよ。峠を越える駕籠もございましょう」

「長旅は生まれて初めてだから、どうせならいろいろと物見遊山《ものみゆさん》もしながら行きたいと清さんにお願いしたの。楽しみなこともあるのよ。諏訪《すわ》の大きな湖《うみ》に出たら、とてもいい温泉があるんですって。京に着いたら、十草屋の親戚のところに泊めていただいて、年が明けるまで京見物をするのよ。それから淀川《よどがわ》を船でくだって大坂に出て、そこから大きな船に乗るの」

「楽しそうでございますね」

「清太郎はとても楽しみにしているわ。これまで座敷からほとんど出してやれずにいたから」

「長崎には珍しいものがたくさんあるのでしょうね」

「珍しいものだらけよ。今からわくわくしているわ。蘭方医術について本をたくさん集めて、清太郎の足や耳を治す医術も、きっと見つけてみせる」

お小夜さまは、涙のあとを指でぬぐって整えた。

「南蛮料理の本だってたくさんあるはずよ。卓袱《しっぽく》料理には和蘭《オランダ》や清国の食べ物も使うのだそうよ。江戸にも卓袱料理を出す店はあるけれど、本場長崎のものは見た目も味も、とびきりなんですって。……あんちゃんも長崎に来れば、いいのに」

お小夜さまは、やすを睨《にら》んで見せてから、愛らしい舌をちょっと出した。

「ごめんなさい。……もう決して言わないと心に決めたのに。お父様のせいじゃない、わたしがいけないの。あんちゃんを苦しめてしまったこと、後悔しているわ」

決心をした夜、朝までかかってお小夜さま宛《あて》の文を書いた。お小夜さまのお供をして長崎に行きたい。本当に行きたい。行けばきっと、楽しい日々が過ごせるだろう。お小夜さまとお別れしたくない。とりとめもなく自分の気持ちを書きつけた。お別れしたくないのに、悲しくてたまらないのに、それでもやすは、今、紅屋を離れるわけにはいかないのです。やすは心の弱い女子なのです。だから今、紅屋を離れてお小夜さまと長崎に行ってしまったら、もう料理人ではなくなってしまうでしょう。料理人として精進するよりも、お小夜さまや清太郎さまの為に生きる方が楽しい、その方が幸せだと思ってしまうでしょう……

やすは、料理人として生きていくと、一度心に誓いました。自分にそう誓ったのです。自分を裏切ることはできません。今、紅屋を離れることは、できません。

「お父様に、なんとかあんちゃんを紅屋から譲り受けてくれないかと無理を言ってしまった。だってあんちゃんと遠く離れるなんて、考えただけでも辛いんですもの。でもあんちゃんからの文を読んで、そのことがどれだけあんちゃんを苦しめたかわかりました。……長崎は遠いけれど、この江戸にも長崎から来ている人は大勢いる。どんなに遠くても、二度と会えないわけではないのよね」

お小夜さまは微笑んだ。その拍子に、お小夜さまの頬にまた涙が伝った。

「黒船のような蒸気船に乗れば、長崎なんて江戸から数日で着くのだそうよ。清さんはぼんぼんのように思われているけれど、あれで商才はなかなかあるお人なの。蘭方医の為の薬、きっと大きな商いになるわ。商いで成功してもっともっとお大尽《だいじん》になったら、わたしの為に蒸気船を買ってくださるんですって！　すごいでしょう？　そうなったら長崎と江戸を、毎月だって行き来できるわ。紅屋に泊まってあんちゃんが作る夕餉をいただいて、二人で海を眺めましょうよ。たまにはあんちゃんが一緒に蒸気船に乗って、長崎まで来たらいいわ。本場の卓袱をたくさん食べて、作り方もおぼえて帰って、紅屋でも出せるようにしたら、きっと大評判になるわよ！」

煙を吐く蒸気船に乗って、長崎まで。

きっとそんな日が来る。いつか、きっと。

やすは廊下に置きっぱなしにしていた包みを、お小夜さまの前に置いた。

「お弁当を作りました」

「お弁当？」

「昼餉はどのあたりで召し上がりますでしょう」

「さあ、川越《かわごえ》あたりかしら」

「こんなものがなくても、きっと清兵衛さまが美味しい昼餉をご用意くださるとは思いますが、やすが作ったものものついでに、お口に入れていただければ」

「開けてもいい？」

「お楽しみは、昼餉までとっておかれませ」

「玉子焼きは入っている？」

「もちろん、入っておりますよ。お小夜さまがお好きな、甘辛の玉子焼きにいたしました」

「嬉しい！　あの味は清太郎も大好きなのよ。でもうちのお勝手女中は、大店の奥様が召し上がるような味ではございませんよ、って、なかなか作ってくれなかったの。意地悪よね」

お小夜さまはまた、幼いお顔になって唇を尖《とが》らせた。

やすは、そんなお小夜さまをさらってどこかに逃げてしまいたい、と、一瞬、思った。

あまりにも大切で、あまりにも愛《いと》しい。なぜ自分は、この人と別れてまで料理人でいたいと思うのだろう。

わたしの大事な、仲良しさん。かけがえのない、友。

出立の刻まで半刻あった。やすはお小夜さまとお茶をすすりながら、想《おも》い出話に花を咲かせた。二人とも、もう泣かなかった。永遠の別れではない。蒸気船で数日あれば会えるのだから。世の中はどんどん変わっている。蒸気船にだって、誰でもが乗れる日はすぐそこまで来ているはずだ。

やがて、女中が呼びに来た。二人はその部屋を出て、清兵衛さまが政さんと楽しそうに舟釣りの話をしている部屋へと入った。清太郎さまも、お付きの女中と共に入って来た。初めてそのお顔を見て、やすは、なんと利発そうなお子だろう、と感心した。清兵衛さまに似た大きな目、お小夜さまそっくりの小ぶりで形の良い鼻と口元。部屋に入って来る時には器用に杖《つえ》を使い、畳に座っている様からは、どこに障りがあるのかまるでわからない。お耳がご不自由なはずなのに、お小夜さまとは身振り手振りで楽しくおしゃべりをしていらっしゃった。

このお子の為に、お二人は意を決して新しい暮らしを選んだのだ。

その大きな目は、世の中のあらゆることに興味を持つ目だ。学べるものは吸い取るように学んで、きっと、素晴らしい大人になられるだろう。長崎からは日の本の外、広い世を覗くことができるだろう。清太郎さまは、新しい世に生きる方なのだ。

出立の刻になり、一同は表に出た。

驚いたことに、店の前には大勢の人々がお別れに駆けつけていた。皆、立派な羽織ものや真新しい草履を履いている。おそらく日本橋界隈《かいわい》の大店のご主人たちなのだろう。清兵衛さまは、その方々お一人お一人に丁寧にご挨拶されていた。

錦織《にしきおり》の覆いをつけた駕籠が並んでいた。まるで小さな大名行列のように、荷駕籠や荷馬も控えている。それでも十草屋の身代からすれば、本当に身の回りの物だけなのだろう。お泊まりになる宿場ごとに駕籠も変わるのだろうから、こんなに煌《きら》びやかな隊列で歩かれるのは、今日一日だけ。当代十草屋清兵衛は、ご大老に睨まれて逃げ出すのではない、長崎で新しい商いを始める為に江戸を出るのだ、と、江戸を通り抜ける間だけは、皆に知らしめたい、という思いかもしれない。身代が移るということは、清兵衛さまもお名をお変えになるのだろうか。

どのような名になったとしても、清兵衛さまは清兵衛さま。これからもお小夜さまと清太郎さまを慈しみ、大切にしてくださるだろう。

「あんちゃん」

お小夜さまが、駕籠に乗り込む前に言った。

「蒸気船の約束、必ずね」

「へえ」

やすも言った。

「必ず、きっと」

見送りの人々が頭を下げた。清兵衛さまも駕籠に乗り込み、駕籠かきが威勢の良い声をあげる。

十草屋の奉公人たちも深々と頭を下げた。真ん中の駕籠の御簾《みす》が揺れて、中から幼いお子の手がにゅっと出た。その手には短冊のような紙が握られていたが、やすの前を通りすぎる時にその紙がお手を離れてふわりと舞った。やすはその紙を思わず摑《つか》んだ。

頭を下げたまま、やすはその紙を広げて見た。

おえどとおわかれ　いたします　おふねで　かへつてまゐります

たどたどしい筆運び。が、そこには清太郎さまの強いお気持ちが読み取れる。

清太郎さまは、本当に神童でいらっしゃるのかも。自分はいつか江戸に帰って来るのだと、誰かに伝えたかったのだ。

やすは政さんと並んで、最後を歩く荷馬の尾が見えなくなるまで見送った。

永遠の別れではない。

いつかきっと、またお会いできる。それだけを信じよう。信じていよう。

❖ ❖

「いくらか湿っぽいね」

おしげさんが夕空を見上げた。弥生に入ったというのに、肌にひんやりとした風が当たる。

「こういう時は雪になるんだよ」

「雪ですか。もう春なのに」

「江戸は春でも雪が降るからね。なんだか今夜は、ちょいとお酒でも飲みたいような気分だねえ」

「片付けが終わったら、お燗《かん》つけましょうか」

「たまにはあんたとゆっくり一杯、もいいねえ。だけどあんた、酒は飲まないんだろう」

「へえ、料理に使うお酒を舐《な》めただけでも首が紅《あか》くなりますから、たぶんお酒は呑《の》めないたちだと思います」

「おやすもう、二十歳《はたち》なんだね。妙な言い方だけど、すっかりいい女になったよ。ここに来た頃はさ、色は黒いし瘦《や》せっぽちで骨が浮いてるし、この子は器量に恵まれなくて可哀《かわい》そうに、なんて思っていたけど、なんの年頃になればちゃんと、それなりに綺麗になるもんだ。それで引っ越しはいつにするんだい」

「へえ、弥生の十日には部屋が空くそうですので、まずは掃除に行って、それから二、三日のうちには」

「楽しみだね、あんたと同じ長屋に住めるなんて」

「わたしも楽しみです」

「だったらあんたが引っ越して来てから、毎晩ゆっくりと一杯やろうかね。あんたはお茶でも飲んでたらいいさ。だけど、何かつまめるものは作っておくれよ」

「もちろん作ります」

「あはは、あんたが来てくれて料理を作ってくれるなら、あの長屋も極楽だねえ」

おしげさんが仕事に戻り、やすは山椒《さんしょう》の若芽を摘みに草地の道に踏み込んだ。

「あら」

海の方から男が歩いて来る。

「あなたさまは……有村《ありむら》さま？」

「おぼえていてくださいましたか。いつぞやはありがとうございました」

有村は、畳んだ提灯《ちょうちん》を手にしていた。

「これをお返しにあがりました」

「まあ、わざわざ。……でもこれは、新しいものではありませんか？　お渡ししたのは破れ提灯でございました。こんな上等のものでは」

「まあ受け取ってください。上等なんぞと言われても、そんな大層な提灯ではありませんよ。あの時いただいた黒饅頭《くろまんじゆう》、とても美味しかった。黒砂糖は故郷の味です。本当に、ありがとうございました」

「奉公人のお八つの残りでございますよ。御礼をしていただくようなものでは」

「江戸に出て来て、思いがけず故郷の味と出会って嬉しかったのです。自分で捨てた故郷ではあっても、やはり故郷はいいものです。懐かしい。江戸も品川も賑やかでなんでもあって、確かにすごいところですが、どうもわたしには合わなかったようです」

「薩摩《さつま》に戻られるのですか」

「……まあそんなところです。なので、提灯と黒饅頭の御礼方々、お別れに参りました。心残りは、紅屋に泊まって、評判の女料理人の料理を食べなかったことです」

「そんな、評判だなどと」

「いや、あなたが評判のおやすさんだと知って、いつか必ず紅屋に泊まりたいと思っていたのですが……どうやらその機会なく終わりそうです」

「もう戻っていらっしゃらないのですか」

「……おそらくは、品川に来ることはもうないでしょう」

「そうですか。今日も黒饅頭があればよかったのですが、今日はあいにく」

「お気遣いには及びません」

　有村は笑顔で言った。

「あなたに御礼を申せてよかった。それでは、これにて失礼いたします」

　有村は、やすが恐縮するほど深く一礼すると、また小道を海の方へと戻って行った。

有村の背中が遠く小さくなるまで、やすはなんとなく目が離せずに見送っていた。

　翌朝から、おしげさんが言った通りに雪になった。

そろそろ桜も咲こうかという春の日の雪。

安政七年三月三日の、雪だった。

この作品は、月刊「ランティエ」二〇二三年八月号～二〇二四年三月号までの『別れの季　お勝手のあん』としての掲載分に加筆・修正したものです。

時代小説文庫
し4-11

別《わか》れの季節《とき》 お勝手《かって》のあん

著者 柴田《しばた》よしき

2024年2月18日第一刷発行

発行者 角川春樹

発行所 株式会社 角川春樹事務所
〒102-0074 東京都千代田区九段南2-1-30 イタリア文化会館

電話 03(3263)5247[編集] 03(3263)5881[営業]

印刷・製本 中央精版印刷株式会社

フォーマット・デザイン＆シンボルマーク 芦澤泰偉

ISBN978-4-7584-4619-8 C0193

http://www.kadokawaharuki.co.jp/[営業]
fanmail@kadokawaharuki.co.jp[編集] ご意見・ご感想をお寄せください。